COLLECTION
FOLIO BILINGUE

Ludwig Tieck

Der Pokal
und andere Märchen

La coupe d'or
et autres contes

*Traduit de l'allemand
par Albert Béguin*

Gallimard

Note de l'éditeur

LE ROMANTISME ALLEMAND

Le romantisme allemand, une constante de l'âme germanique, plus précoce que le romantisme français, est une attitude plus qu'une école, un penchant pour tout ce qui est naturel, et surnaturel.

« Il y a plus de choses au ciel et sur terre, Horatio, que n'en rêve ta philosophie. » Cette phrase de Hamlet synthétise à merveille le mot d'ordre du romantisme allemand. C'est en grande partie par réaction contre les idées de l'époque des Lumières que les romantiques allemands ont insisté sur la primauté de l'irrationnel.

Il est difficile de donner un cadre chronologique au romantisme allemand. On s'accorde pour faire coïncider sa naissance avec la publication, à Iéna, de la revue Athenäum *par les frères Schlegel. Cette revue expose les fondements philosophiques du romantisme et contribue à diffuser les œuvres de Wackenroder, Tieck et Novalis. À la même époque en Angleterre, sont publiées les œuvres de Wordsworth et Coleridge. On considère que le mouvement*

s'achève en 1826 avec la publication de la dernière grande œuvre romantique, Le voyage dans le Harz *de Heinrich Heine. C'est dans la musique que se prolonge le romantisme avec Richard Wagner.*

Le romantisme allemand se caractérise par son aspect collectif. Les auteurs signent souvent leurs livres ensemble comme Tieck et Wackenroder, ou les frères Grimm. On distingue quatre étapes majeures dans le mouvement romantique dont les deux premières sont les plus importantes. C'est dans la ville de Goethe et de Schiller que se développe l'école dite d'Iéna, qui correspond à la première période du romantisme, appelée Frühromantik. *On y trouve des théoriciens comme Johann Gottlieb Fichte, des esthéticiens comme Wackenroder, qui a esquissé une image idéale de l'art, ou des poètes comme Novalis, Ludwig Tieck ou Jean Paul.*

L'école d'Heidelberg, qui débute vers 1807, représente l'apogée du romantisme ou Hochromantik. *Très prolifique, elle s'étend à tous les domaines de la pensée et de l'art, d'abord la littérature et la poésie avec Clemens Brentano, Achim von Arnim, Görres, le droit (Savigny), la philosophie de la nature (Franz von Baader), la musique (Schubert, Weber), la peinture (C.D. Friedrich, Otto Runge) ou encore la linguistique (les frères Grimm). Le romantisme tardif (*Spätromantik*) dont le centre se trouve à Berlin regroupe Eichendorff, Adelbert von Chamisso, La Motte-Fouqué et E.T.A. Hoffmann ainsi que des femmes, de plus en plus présentes sur la scène littéraire allemande, comme Bettina von Arnim, Caroline Schlegel-Schelling, ou Caroline von Günderode.*

La dernière période, dite de l'école souabe, est à cheval sur le romantisme et la période suivante du Biedermeier. *Parmi les auteurs emblématiques figurent Gustav Schwab, Ludwig Uhland, ou Mörike.*

Le romantisme allemand est avant tout une « âme » romantique, un état d'esprit. Il vient du constat de l'inadéquation entre les désirs de l'homme et le milieu dans lequel il vit. Tout juste sorti du monde de l'enfance et des contes de fées, l'homme est terrassé par les désillusions et les revers de fortune. Son désarroi devient systématique. Le romantique, convaincu d'être la proie d'un sort injuste, peut sombrer dans la mélancolie. Cette hypersensibilité de l'homme romantique engendre un repli sur soi, une hypertrophie du moi. Le poète s'élance alors vers des mondes imaginaires que lui seul comprend.

Le romantisme allemand entend retrouver les chemins qui mènent à la nature, à ce qui est originel (préfixe ur *en allemand). De même, l'amour romantique est un sentiment mythifié, pur, qui rapproche les amants de la nature et de Dieu. Les romantiques allemands ont célébré l'amour, dont les femmes sont souvent à l'initiative.*

Ludwig Tieck (1773-1853)

Né à Berlin en 1773, Tieck est un écrivain précoce, qui débute sa carrière littéraire à dix-sept ans seulement. Il s'est essayé à tous les genres littéraires — nouvelles, contes, comédies, drames, poèmes mais aussi préfaces, traductions, essais. Il est l'écrivain qui incarne le mieux le romantisme allemand. Il est à la fois l'initiateur du mouvement et le premier écrivain romantique. Il invente le

*conte d'atmosphère en s'attachant à décrire une ambiance
subtile, douce, qui brutalement est renversée comme dans
le conte* Eckbert le blond. *La douceur et la tranquillité
de l'ambiance se transforment peu à peu en menace
et peuvent conduire les personnages jusqu'à la folie et
la mort. Ce conte commence par le récit traditionnel de
la fuite dans la forêt d'une petite fille, qui se réfugie dans
la chaumière d'une vieille femme. Il se termine dans la
démence et dans le sang. Par le jeu d'un seul mot prononcé
par un visiteur un soir, Tieck fait naître un sentiment
de panique chez son héroïne emportée par la terreur de son
histoire passée.*

Comme l'explique Pierre Péju : « L'ambiance des
meilleurs contes de Tieck est faite d'un onirisme subtil
donnant l'impression de vivre un rêve qui serait plus vrai,
plus évident et coloré que la réalité même. Parfois, il ne
s'agit que d'un vague pressentiment lorsque tout le visible
devient imperceptiblement suspect. Nous sommes loin du
surnaturel tranquille des anciens contes merveilleux tra-
ditionnels. » *Il y a chez Tieck une démultiplication de la
sensibilité. Il écrit, repris par Péju, que* « la force du sentiment — la faculté d'évoquer immédiatement ce qui est
invisible, lointain, obscurci par un long oubli — le pressentiment —, les étranges épouvantes qui font se hérisser
les cheveux et se contracter la peau — le subtil frémisse-
ment de certaines sensations où se marient le plaisir et
l'horreur : toutes ces réactions sensibles et bien d'autres
encore, qu'est-ce, sinon justement des sens, mais situés
dans une couche plus profonde de nous-mêmes : s'ils ne
sont pas toujours en activité, leur pouvoir n'en est que*

plus efficace[1]. » *E.T.A. Hoffmann, à la suite de Tieck, reprendra cette idée nouvelle en inventant l'atmosphère d'*« *inquiétante étrangeté* » *comme dans* Le marchand de sable[2].

Le recueil que nous présentons regroupe trois contes représentatifs de l'œuvre de Ludwig Tieck, La coupe d'or, Les Elfes *et* Eckbert le blond. *La traduction est d'Albert Béguin, qui a su, comme aucun autre, rendre avec justesse la beauté et la poésie de Tieck.*

1. Pierre Péju, « Tieck, l'imagination généreuse », introduction à *La coupe d'or,* Le petit mercure, 1997, p. 26-27.
2. E.T.A. Hoffmann, *Le marchand de sable/Der Sandmann,* Folio bilingue n° 134.

Der Pokal
La coupe d'or

Vom großen Dom erscholl das vormittägige Geläute. Über den weiten Platz wandelten in verschiedenen Richtungen Männer und Weiber, Wagen fuhren vorüber und Priester gingen nach ihren Kirchen. Ferdinand stand auf der breiten Treppe, den Wandelnden nachsehend und diejenigen betrachtend, welche heraufstiegen, um dem Hochamte beizuwohnen. Der Sonnenschein glänzte auf den weißen Steinen, alles suchte den Schatten gegen die Hitze; nur er stand schon seit lange sinnend an einen Pfeiler gelehnt, in den brennenden Strahlen, ohne sie zu fühlen, denn er verlor sich in den Erinnerungen, die in seinem Gedächtnisse aufstiegen. Er dachte seinem Leben nach, und begeisterte sich an dem Gefühl, welches sein Leben durchdrungen und alle andern Wünsche in ihm ausgelöscht hatte. In derselben Stunde stand er hier im vorigen Jahre, um Frauen und Mädchen zur Messe kommen zu sehn; mit gleichgültigem Herzen und lächelndem Auge

Les cloches de la cathédrale sonnaient à toute volée dans le matin. Sur la grande place, une foule d'hommes et de femmes allait et venait, des voitures passaient et des prêtres se rendaient à leurs églises. Ferdinand se tenait sur les marches du large perron, suivant des yeux les passants et regardant longuement ceux qui gravissaient les degrés pour assister à la grand-messe. L'éclat du soleil était aveuglant sur les dalles blanches et tout le monde se réfugiait à l'ombre du porche; Ferdinand seul, adossé à un pilier, restait depuis longtemps immobile sous cette ardeur qu'il ne sentait pas; car il s'abîmait dans les souvenirs qui lui remontaient à la mémoire. Il repassait toute sa vie, évoquant avec une ardente joie l'émotion qui avait pénétré tout son être et éteint en lui tout autre désir. L'année précédente, à pareille heure, il s'était tenu un jour à la même place, regardant les femmes et les jeunes filles qui venaient à l'office; d'un œil indifférent et avec une insouciante gaieté,

hatte er die mannigfaltigen Gestalten betrachtet, mancher holde Blick war ihm schalkhaft begegnet und manche jungfräuliche Wange war errötet; sein spähendes Auge sah den niedlichen Füßchen nach, wie sie die Stufen heraufschritten, und wie sich das schwebende Gewand mehr oder weniger verschob, um die feinen Knöchel zu enthüllen. Da kam über den Markt eine jugendliche Gestalt, in Schwarz, schlank und edel, die Augen sittsam vor sich hinge- heftet, unbefangen schwebte sie die Erhöhung hinauf mit lieblicher Anmut, das seidene Gewand legte sich um den schönsten Körper und wiegte sich wie in Musik um die bewegten Glieder; jetzt wollte sie den letzten Schritt tun, und von ohngefähr erhob sie das Auge und traf mit dem blauesten Strahle in seinen Blick. Er ward wie von einem Blitz durch- drungen. Sie strauchelte, und so schnell er auch hinzusprang, konnte er doch nicht verhindern, daß sie nicht kurze Zeit in der reizendsten Stellung kniend vor seinen Füßen lag. Er hob sie auf, sie sah ihn nicht an, sondern war ganz Röte, antwortete auch nicht auf seine Frage, ob sie sich beschädigt habe. Er folgte ihr in die Kirche und sah nur das Bildnis, wie sie vor ihm gekniet, und der schönste Busen ihm entgegengewogt. Am folgenden Tage besuchte er die Schwelle des Tempels wieder; die Stätte war ihm geweiht. Er hatte abreisen wollen, seine Freunde erwarteten ihn ungeduldig in seiner Heimat; aber von nun an war hier sein Vaterland, sein Herz war umgewendet. Er sah sie öfter, sie ver- mied ihn nicht,

il avait vu défiler mille beautés diverses ; bien des regards charmants et fripons avaient croisé les siens, des joues virginales s'étaient empourprées ; il suivait des yeux les jolis pieds qui gravissaient les marches, guettant l'instant où la robe flottante découvrirait une fine cheville. Une femme s'avança à travers la place ; svelte et jeune, vêtue de noir, elle avait le port noble et marchait les yeux modestement baissés ; d'un pas alerte et léger, elle monta les degrés avec une grâce exquise. Sa robe de soie enveloppait le plus beau corps du monde et les plis semblaient se balancer en musique autour de ses membres souples ; au moment d'atteindre la dernière marche, elle leva les yeux par hasard et un rayon du bleu le plus pur rencontra le regard de Ferdinand. Il en fut secoué comme par un éclair. Elle fit un faux pas ; il s'élança pour la soutenir, mais ne put empêcher qu'elle ne fût un instant agenouillée à ses pieds, dans la pose la plus ravissante. Il la releva, elle ne le regarda pas et, tout empourprée, ne répondit pas lorsqu'il lui demanda si elle ne s'était point fait de mal. Il la suivit dans l'église, ayant toujours devant les yeux ce ravissant tableau de la jeune femme agenouillée devant lui, le sein palpitant. Le lendemain, il revint sous le porche : ce lieu était désormais sacré pour lui. Il avait eu l'intention de quitter la ville, ses amis l'attendaient impatiemment dans sa patrie ; mais, dès cet instant, il ne connut plus d'autre patrie que cette ville étrangère, son cœur était changé. Il la revit souvent, elle ne l'évitait pas,

doch waren es nur einzelne und gestohlene Augenblicke; denn ihre reiche Familie bewachte sie genau, noch mehr ein angesehener eifersüchtiger Bräutigam. Sie gestanden sich ihre Liebe, wußten aber keinen Rat in ihrer Lage; denn er war fremd und konnte seiner Geliebten kein so großes Glück anbieten, als sie zu erwarten berechtiget war. Da fühlte er seine Armut; doch wenn er an seine vorige Lebensweise dachte, dünkte er sich überschwenglich reich, denn sein Dasein war geheiligt, sein Herz schwebte immerdar in der schönsten Rührung; jetzt war ihm die Natur befreundet und ihre Schönheit seinen Sinnen offenbar, er fühlte sich der Andacht und Religion nicht mehr fremd, und betrat dieselbe Schwelle, das geheimnisvolle Dunkel des Tempels jetzt mit ganz andern Gefühlen, als in jenen Tagen des Leichtsinns. Er zog sich von seinen Bekanntschaften zurück und lebte nur der Liebe. Wenn er durch ihre Straße ging und sie nur am Fenster sah, war er für diesen Tag glücklich; er hatte sie in der Dämmerung des Abends oftmals gesprochen, ihr Garten stieß an den eines Freundes, der aber sein Geheimnis nicht wußte. So war ein Jahr vorübergegangen.

Alle diese Szenen seines neuen Lebens zogen wieder durch sein Gedächtnis. Er erhob seinen Blick, da schwebte die edle Gestalt schon über den Platz, sie leuchtete ihm wie eine Sonne aus der verworrenen Menge hervor. Ein lieblicher Gesang ertönte in seinem sehnsüchtigen Herzen, und er trat, wie sie sich annäherte,

mais ce n'était jamais qu'à la dérobée ; car elle était soumise à l'étroite surveillance de sa riche famille et à la jalousie de son fiancé, homme fort considéré dans le pays. Ils s'avouèrent leur amour, mais leur situation leur parut sans issue, car il était étranger et ne pouvait lui offrir la grande fortune qu'elle était en droit d'attendre. Il ressentit douloureusement sa pauvreté ; mais lorsqu'il pensait à sa vie de naguère, il avait l'impression d'être devenu immensément riche ; car son existence était sanctifiée, son cœur était sans cesse en proie à la plus douce émotion. La nature maintenant lui était amie, toutes ses beautés se manifestaient à ses sens, le recueillement et la piété ne lui restaient plus étrangers ; il franchissait le seuil du temple, pénétrait dans la mystérieuse obscurité de la nef avec de tout autres sentiments qu'aux jours passés de l'insouciance. Il s'éloigna des cercles qu'il avait fréquentés et ne vécut plus que pour son amour. Si, passant par la rue où habitait la jeune fille, il l'apercevait à sa fenêtre, il était heureux pour toute la journée ; il lui avait parlé souvent entre chien et loup, car son jardin touchait à celui d'un ami de Ferdinand, qui d'ailleurs ignorait leur secret. Une année avait passé ainsi.

Tous ces tableaux de sa vie nouvelle lui traversaient la mémoire. Il leva les yeux et déjà sa bien-aimée s'avançait sur la place, de sa démarche légère et noble ; il lui sembla qu'un rayon de soleil venait à lui du milieu de la foule confuse. Un doux chant s'éleva dans son cœur nostalgique. Lorsqu'elle fut tout près,

in die Kirche zurück. Er hielt ihr das geweihte
Wasser entgegen, ihre weißen Finger zitterten, als
sie die seinigen berührte, sie neigte sich holdselig.
Er folgte ihr nach, und kniete in ihrer Nähe. Sein
ganzes Herz zerschmolz in Wehmut und Liebe, es
dünkte ihm, als wenn aus den Wunden der Sehn-
sucht sein Wesen in andächtigen Gebeten dahin-
blutete; jedes Wort des Priesters durchschauerte
ihn, jeder Ton der Musik goß Andacht in seinen
Busen; seine Lippen bebten, als die Schöne das
Kruzifix ihres Rosenkranzes an den brünstigen
roten Mund drückte. Wie hatte er ehemals diesen
Glauben und diese Liebe so gar nicht begreifen
können. Da erhob der Priester die Hostie und die
Glocke schallte, sie neigte sich demütiger und
bekreuzte ihre Brust; und wie ein Blitz schlug es
durch alle seine Kräfte und Gefühle, und das Altar-
bild dünkte ihm lebendig und die farbige Dämmerung der Fenster wie ein Licht des Paradieses;
Tränen strömten reichlich aus seinen Augen und
linderten die verzehrende Inbrunst seines Herzens.

Der Gottesdienst war geendigt. Er bot ihr wieder
den Weihbrunnen, sie sprachen einige Worte und sie
entfernte sich. Er blieb zurück, um keine Aufmerk-
samkeit zu erregen; er sah ihr nach, bis der Saum
ihres Kleides um die Ecke verschwand. Da war ihm
wie dem müden verirrten Wanderer, dem im dichten
Walde der letzte Schein der untergehenden Sonne
erlischt.

il entra dans l'église et lui tendit l'eau bénite ; la
main blanche tressaillit lorsqu'elle toucha les
doigts de Ferdinand, la jeune fille s'inclina en un
geste adorable. Il la suivit et s'agenouilla tout
près d'elle. Tout son cœur fondait d'amour et de
tristesse, comme si, des plaies ouvertes de son
désir, eussent ruisselé des flots de ferventes orai-
sons ; chaque parole du prêtre le pénétrait comme
un frisson, chaque note du plain-chant lui ins-
pirait la dévotion la plus ardente ; ses lèvres
tremblèrent lorsque la belle jeune fille pressa
passionnément ses lèvres de carmin sur le crucifix
de son rosaire. Comment était-il possible que
naguère il n'eût pas compris cette foi et cet amour ?
À cet instant le prêtre éleva l'hostie, la clochette
sonna, la jeune fille s'inclina avec plus d'humi-
lité encore et se signa ; ce fut comme un éclair
qui frappa Ferdinand dans ses sentiments et ses
forces profondes ; le tableau de l'autel lui parut
s'animer, la lueur multicolore des vitraux fut pour
lui la splendeur du Paradis ; un torrent de larmes
coula de ses yeux, apaisant la dévorante ardeur de
son cœur.

L'office était achevé. Il présenta de nouveau
l'eau bénite à celle qu'il aimait, ils échangèrent
quelques mots, puis elle s'éloigna. Il resta en arrière
pour ne pas attirer l'attention, la suivant des yeux
jusqu'à ce que l'ourlet de sa robe disparût au coin
de la place. Il ressentit alors l'angoisse du voya-
geur las, égaré dans une épaisse forêt et qui voit
s'éteindre la dernière lueur du couchant.

Er erwachte aus seiner Träumerei, als ihm eine alte
dürre Hand auf die Schulter schlug, und ihn jemand
bei Namen nannte.

Er fuhr zurück, und erkannte seinen Freund, den
mürrischen Albert, der von allen Menschen sich
zurückzog, und dessen einsames Haus nur dem
jungen Ferdinand geöffnet war. »Seid Ihr unsrer
Abrede noch eingedenk?« fragte die heisere Stimme.
»O ja«, antwortete Ferdinand, »und werdet Ihr Euer
Versprechen heut noch halten?« »Noch in dieser
Stunde«, antwortete jener, »wenn Ihr mir folgen
wollt.«

Sie gingen durch die Stadt und in einer abgele-
genen Straße in ein großes Gebäude. »Heute«, sagte
der Alte, »müßt Ihr Euch schon mit mir in das Hin-
terhaus bemühn, in mein einsamstes Zimmer, damit
wir nicht etwa gestört werden.« Sie gingen durch
viele Gemächer, dann über einige Treppen; Gänge
empfingen sie, und Ferdinand, der das Haus zu
kennen glaubte, mußte sich über die Menge der
Zimmer, sowie über die seltsame Einrichtung des
weitläufigen Gebäudes verwundern, noch mehr
aber darüber, daß der Alte, welcher unverheiratet
war, der auch keine Familie hatte, es allein mit
einem einzigen Bedienten bewohne, und niemals an
Fremde von dem überflüssigen Raume hatte ver-
mieten wollen. Albert schloß endlich auf und sagte:
»Nun sind wir zur Stelle.« Ein großes hohes Zimmer
empfing sie, das mit rotem Damast ausgeschla-
gen war, den goldene Leisten einfaßten, die Sessel
waren von dem nämlichen Zeuge,

Il fut tiré de sa rêverie par une main osseuse et sèche qui s'abattit sur son épaule, tandis que quelqu'un l'appelait par son nom.

Il sursauta et reconnut son ami, Albert, ce vieux grondeur qui vivait à l'écart de tous les hommes et dont la demeure solitaire ne s'ouvrait qu'au jeune Ferdinand. « Vous souvenez-vous de notre rendez-vous ? fit la voix éraillée du vieillard. — Oh, oui ! répondit Ferdinand. Tiendrez-vous votre promesse aujourd'hui même ? — À l'instant, si vous voulez me suivre. »

Ils traversèrent la ville jusqu'à une rue écartée et pénétrèrent dans une vaste maison. « Aujourd'hui, dit le vieillard, il vous faut prendre la peine de m'accompagner dans l'autre corps de bâtiment ; j'ai là une chambre isolée où nous ne serons pas dérangés. » Ils traversèrent plusieurs pièces, montèrent des escaliers, suivirent des couloirs ; et Ferdinand, qui croyait connaître la maison, s'étonnait sans cesse du nombre des chambres et de l'étrange construction de l'immense demeure ; mais il était plus surpris encore que le vieillard, célibataire et sans famille, l'habitât seul avec un domestique et n'eût jamais consenti à louer aucune de ces pièces superflues. Albert ouvrit enfin une porte et dit : « Nous y voici. » Ils pénétrèrent dans une grande chambre, haute de plafond et revêtue de damas rouge qu'encadraient des baguettes dorées ; les meubles étaient recouverts de la même étoffe,

und durch rote schwerseidne Vorhänge, welche niedergelassen waren, schimmerte ein purpurnes Licht. »Verweilt einen Augenblick«, sagte der Alte, indem er in ein anderes Gemach ging. Ferdinand betrachtete indes einige Bücher, in welchen er fremde unverständliche Charaktere, Kreise und Linien, nebst vielen wunderlichen Zeichnungen fand, und nach dem wenigen, was er lesen konnte, schienen es alchemistische Schriften; er wußte auch, daß der Alte im Rufe eines Goldmachers stand. Eine Laute lag auf dem Tische, welche seltsam mit Perlmutter und farbigen Hölzern ausgelegt war und in glänzenden Gestalten Vögel und Blumen darstellte, der Stern in der Mitte war ein großes Stück Perlmutter, auf das kunstreichste in vielen durchbrochenen Zirkelfiguren, fast wie die Fensterrose einer gotischen Kirche, ausgearbeitet. »Ihr betrachtet da mein Instrument«, sagte Albert, welcher zurückkehrte, »es ist schon zweihundert Jahr alt, und ich habe es als Andenken meiner Reise aus Spanien mitgebracht. Doch laßt das alles, und setzt Euch jetzt.«

Sie setzten sich an den Tisch, der ebenfalls mit einem roten Teppiche bedeckt war, und der Alte stellte etwas Verhülltes auf die Tafel. »Aus Mitleid gegen Eure Jugend«, fing er an, »habe ich Euch neulich versprochen, Euch zu wahrsagen, ob Ihr glücklich werden könnt oder nicht, und dieses Versprechen will ich in gegenwärtiger Stunde lösen, ob Ihr gleich die Sache neulich nur für einen Scherz halten wolltet.

et de lourds rideaux de soie rouge, qui étaient tirés, laissaient filtrer une lumière pourpre. « Attendez-moi un instant », dit le vieillard qui passa dans une autre pièce. Ferdinand feuilleta en attendant quelques livres où il vit des caractères étrangers, indéchiffrables, des cercles, des lignes et de singulières figures ; d'après le peu qu'il put lire, il jugea que ce devaient être des ouvrages d'alchimie. Il savait d'ailleurs que le vieux avait la réputation de se livrer à cet art. Sur la table il y avait un luth avec de singulières incrustations de nacre et de bois multicolores qui formaient d'étincelantes figures d'oiseaux et de fleurs ; l'étoile centrale était faite d'un grand morceau de nacre, merveilleux travail d'art où de nombreuses figures en filigrane, disposées en cercles, rappelaient les rosaces des églises gothiques. « Vous admirez mon instrument, dit Albert en rentrant dans la chambre ; il a plus de deux cents ans, et je l'ai rapporté de mon voyage en Espagne. Mais laissez cela et asseyez-vous ici. »

Ils prirent place devant la table qui était couverte également d'un tapis rouge ; le vieillard y déposa un objet enveloppé d'un voile. « Par pitié pour votre jeunesse, dit-il, je vous promis naguère de vous prédire si vous seriez heureux ou non ; voici l'instant de tenir cette promesse, bien que vous n'y ayez vu qu'une plaisanterie.

Ihr dürft Euch nicht entsetzen, denn, was ich vorhabe, kann ohne Gefahr geschehn, und weder furchtbare Zitationen sollen von mir vorgenommen werden, noch soll Euch eine gräßliche Erscheinung erschrecken. Die Sache, die ich versuchen will, kann in zweien Fällen mißlingen : wenn Ihr nämlich nicht so wahrhaft liebt, als Ihr mich habt wollen glauben machen, denn alsdann ist meine Bemühung umsonst und es zeigt sich gar nichts; oder daß Ihr das Orakel stört und durch eine unnütze Frage oder ein hastiges Auffahren vernichtet, indem Ihr Euren Sitz verlaßt und das Bild zertrümmert; Ihr müßt mir also versprechen, Euch ganz ruhig zu verhalten.«

Ferdinand gab das Wort, und der Alte wickelte aus den Tüchern das, was er mitgebracht hatte. Es war ein goldener Pokal von sehr künstlicher und schöner Arbeit. Um den breiten Fuß lief ein Blumenkranz mit Myrten und verschiedenem Laube und Früchten gemischt, erhaben ausgeführt mit mattem oder klarem Golde. Ein ähnliches Band, aber reicher, mit kleinen Figuren und fliehenden wilden Tierchen, die sich vor den Kindern fürchteten oder mit ihnen spielten, zog sich um die Mitte des Bechers. Der Kelch war schön gewunden, er bog sich oben zurück, den Lippen entgegen, und inwendig funkelte das Gold mit roter Glut. Der Alte stellte den Becher zwischen sich und den Jüngling, und winkte ihn näher. »Fühlt Ihr nicht etwas«, sprach er, »wenn Euer Auge sich in diesem Glanz verliert?« »Ja«, sagte Ferdinand,

N'ayez pas peur, ce que je vais tenter ne présente aucun danger. Je ne ferai point de terrifiantes conjurations, vous ne verrez point d'horribles apparitions. Ma tentative peut échouer dans deux cas : si votre amour n'est pas aussi sincère que vous avez voulu me le faire croire, car alors mes efforts seront stériles et rien n'apparaîtra ; ou bien si vous troublez l'oracle et l'anéantissez par une vaine question ou un geste brusque ; en quittant soudain votre siège, vous pouvez réduire l'image en miettes. Promettez-moi donc de vous tenir bien tranquille. »

Ferdinand donna sa parole, et le vieux découvrit l'objet voilé qu'il avait apporté. C'était une coupe d'or ciselée avec beaucoup d'art. Son large pied était ceint d'une guirlande de myrte entremêlée de fruits et de feuillages divers, relief où alternaient l'or mat et l'or bruni. On voyait à mi-hauteur du gobelet se répéter une couronne semblable, mais enrichie de petites figures et de minuscules fauves qui s'enfuyaient, poursuivis par des enfants, ou qui jouaient avec eux. Le galbe du calice était parfait et se recourbait vers le haut comme pour venir au-devant des lèvres ; l'intérieur étincelait d'or rouge. Le vieux plaça la coupe entre lui-même et le jeune homme auquel il fit signe d'approcher. « Ne sentez-vous rien, dit-il, lorsque votre regard plonge et se perd dans cet éclat ? — Oui, répondit Ferdinand,

»dieser Schein spiegelt in mein Innres hinein, ich möchte sagen, ich fühle ihn wie einen Kuß in meinem sehnsüchtigen Busen.« »So ist es recht!« sagte der Alte; »nun laßt Eure Augen nicht mehr herumschweifen, sondern haltet sie fest auf den Glanz dieses Goldes, und denkt so lebhaft wie möglich an Eure Geliebte.«

Beide saßen eine Weile ruhig, und schauten vertieft den leuchtenden Becher an. Bald aber fuhr der Alte mit stummer Gebärde, erst langsam, dann schneller, endlich in eilender Bewegung mit streichendem Finger um die Glut des Pokals in ebenmäßigen Kreisen hin. Dann hielt er wieder inne und legte die Kreise von der andern Seite. Als er eine Weile dies Beginnen fortgesetzt hatte, glaubte Ferdinand Musik zu hören, aber es klang wie draußen, in einer fernen Gasse; doch bald kamen die Töne näher, sie schlugen lauter und lauter an, sie zitterten bestimmter durch die Luft, und es blieb ihm endlich kein Zweifel, daß sie aus dem Innern des Bechers hervorquollen. Immer stärker ward die Musik, und von so durchdringender Kraft, daß des Jünglings Herz erzitterte und ihm die Tränen in die Augen stiegen. Eifrig fuhr die Hand des Alten in verschiedenen Richtungen über die Mündung des Bechers, und es schien, als wenn Funken aus seinen Fingern fuhren und zuckend gegen das Gold leuchtend und klingend zersprangen. Bald mehrten sich die glänzenden Punkte und folgten, wie auf einen Faden gereiht, der Bewegung seines Fingers hin und wieder;

cette lumière se reflète en mon âme ; c'est comme un baiser que je sentirais dans mon cœur ému de désir. — Très bien ! dit le vieux. Maintenant, ne laissez plus vos yeux vaguer, tenez-les fixés sur cet or étincelant et pensez aussi intensément que possible à celle que vous aimez. »

Ils restèrent tous les deux un moment silencieux, absorbés dans la contemplation de la coupe merveilleuse. Puis le vieillard, toujours sans un mot, se mit à tracer des cercles réguliers autour de la coupe, l'effleurant du doigt, lentement d'abord, puis plus vite, et enfin avec une surprenante vélocité. Il s'arrêta et recommença dans l'autre sens. Il y avait quelques instants qu'il répétait ce rite, lorsque Ferdinand crut entendre de la musique ; mais elle semblait venir d'une rue lointaine ; bientôt, les sons se firent plus proches, vibrèrent de plus en plus forts et distincts dans l'air, et enfin il fut évident qu'ils montaient de l'intérieur du calice. Cette musique devint plus sonore, et d'une si pénétrante vigueur que le cœur du jeune homme tressaillit et que les larmes lui vinrent aux yeux. La main du vieillard traçait des cercles hâtifs et variés au-dessus de la coupe, il semblait que des étincelles jaillissent de ses doigts, frappassent l'or et éclatassent en mille feux et en mille sons divers. Bientôt, les points lumineux se multiplièrent et, alignés comme sur un fil, suivirent tous les mouvements de la main ;

sie glänzten von verschiedenen Farben, und dräng-
ten sich allgemach dichter und dichter aneinander,
bis sie in Linien zusammenschossen. Nun schien es,
als wenn der Alte in der roten Dämmerung ein
wundersames Netz über das leuchtende Gold legte,
denn er zog nach Willkür die Strahlen hin und
wieder, und verwebte mit ihnen die Öffnung des
Pokales; sie gehorchten ihm und blieben, einer
Bedeckung ähnlich, liegen, indem sie hin und wieder
webten und in sich selber schwankten. Als sie so
gefesselt waren, beschrieb er wieder die Kreise um
den Rand, die Musik sank wieder zurück und wurde
leiser und leiser, bis sie nicht mehr zu vernehmen
war, das leuchtende Netz zitterte wie beängstiget.
Es brach im zunehmenden Schwanken, und die
Strahlen regneten tropfend in den Kelch, doch aus
den niedertropfenden erhob sich wie eine rötliche
Wolke, die sich in sich selbst in vielfachen Kreisen
bewegte, und wie Schaum über der Mündung
schwebte. Ein hellerer Punkt schwang sich mit der
größten Schnelligkeit durch die wolkigen Kreise.
Da stand das Gebild, und wie ein Auge schaute es
plötzlich aus dem Duft, wie goldene Locken floß
und ringelte es oben, und alsbald ging ein sanftes
Erröten in dem wankenden Schatten auf und ab,
und Ferdinand erkannte das lächelnde Angesicht
seiner Geliebten, die blauen Augen, die zarten
Wangen, den lieblich roten Mund. Das Haupt
schwankte hin und her,

chatoyant de couleurs diverses, ils se rapprochaient
et se serraient ensemble jusqu'à se confondre et
à former des lignes. Il semblait maintenant que,
dans la lueur pourpre des rideaux, le vieillard ten-
dît sur l'or rutilant un merveilleux filet, car il
manœuvrait les rayons à sa guise et en tissait agile-
ment une toile sur l'ouverture du gobelet; ils lui
obéissaient et, pareils maintenant à un voile, formaient de leur mouvement même, de leur va-et-
vient et de leur oscillation, un tissu immobile.
Lorsqu'ils furent bien enchaînés, le vieillard se
remit à tracer des cercles sur le bord de la coupe,
la musique décrut, se fit de plus en plus faible et
finit par s'évanouir, tandis que le filet resplendissant était comme secoué d'un anxieux tremblement. Il se rompit sous les oscillations plus fortes,
et des gouttelettes tombèrent en pluie dans le
calice, tandis qu'il s'en élevait une vapeur rosée
qui se mit à tourner sur elle-même, dessinant des
cercles dans l'air et formant une écume légère sur
l'ouverture de la coupe. Un point plus lumineux
monta d'un rapide essor à travers les cercles vapo-
reux. Et l'apparition se tenait là : il semblait qu'un
œil se fût ouvert soudain dans la nuée, quelque
chose comme des boucles d'un blond doré s'enrou-
lait en volutes aériennes, et une tendre rougeur
envahissait parfois l'ombre incertaine : Ferdinand
reconnut le souriant visage de sa bien-aimée, ses
yeux bleus, la délicate coloration de ses joues, l'adorable pourpre des lèvres. La tête flotta un instant,
imprécise,

hob sich deutlicher und sichtbarer auf dem
schlanken weißen Halse hervor und neigte sich zu
dem entzückten Jünglinge hin. Der Alte beschrieb
immer noch die Kreise um den Becher, und heraus
traten die glänzenden Schultern, und so wie sich
die liebliche Bildung aus dem goldenen Bett mehr
hervordrängte und holdselig hin und wieder wiegte,
so erschienen nun die beiden zarten, gewölbten und
getrennten Brüste, auf deren Spitze die feinste
Rosenknospe mit süß verhüllter Röte schimmerte.
Ferdinand glaubte den Atem zu fühlen, indem das
geliebte Bild wogend zu ihm neigte, und ihn fast
mit den brennenden Lippen berührte; er konnte
sich im Taumel nicht mehr bewältigen, sondern
drängte sich mit einem Kusse an den Mund, und
wähnte, die schönen Arme zu fassen, um die nackte
Gestalt ganz aus dem goldenen Gefängnis zu heben.
Alsbald durchfuhr ein starkes Zittern das liebliche
Bild, wie in tausend Linien brach das Haupt und
der Leib zusammen, und eine Rose lag am Fuß des
Pokales, aus deren Röte noch das süße Lächeln
schien. Sehnsüchtig ergriff sie Ferdinand, drückte
sie an seinen Mund, und an seinem brennenden
Verlangen verwelkte sie, und war in Luft zerflossen.

»Du hast schlecht dein Wort gehalten«, sagte der
Alte verdrüßlich, »du kannst dir nur selber die
Schuld beimessen.«

Er verhüllte seinen Pokal wieder, zog die Vorhänge
auf und eröffnete ein Fenster; das helle Tageslicht
brach herein, und Ferdinand verließ wehmütig und
mit vielen Entschuldigungen den murrenden Alten.

puis s'éleva, plus distincte, sur le svelte cou blanc et se pencha vers le jeune homme ravi en extase. Le vieillard continuait à décrire des cercles autour de la coupe; apparurent alors les épaules d'une radieuse blancheur, puis, tandis que l'adorable créature se dégageait toujours plus de sa couche d'or pour se bercer, merveilleuse, dans l'espace, on vit ses deux seins au galbe délicat et ferme, avec leurs fins boutons de rose dont l'incarnat était exquisement voilé. L'image de la bien-aimée se pencha, bercée, vers Ferdinand, jusqu'à le toucher presque de ses lèvres brûlantes, et il crut sentir son haleine; impuissant à maîtriser son ivresse, il s'élança pour imprimer un baiser sur cette bouche, s'imaginant dans son délire qu'il allait saisir ces admirables bras et arracher ainsi le corps nu à sa prison dorée. Aussitôt, un violent tressaillement secoua la délicieuse figure, la tête et le corps se brisèrent en mille lignes confuses... au pied de la coupe gisait une rose rouge où rayonnait encore le délicieux sourire. Ferdinand la prit d'un geste ardent, la pressa sur ses lèvres, mais sous la brûlure de son désir, elle se fana et s'évanouit dans l'air.

« Tu as mal tenu ta promesse, s'écria le vieux avec dépit. Ne t'en prends qu'à toi-même. »

Il enveloppa la coupe sous le voile, leva les rideaux et ouvrit une croisée; la lumière du jour pénétra dans la pièce, et Ferdinand, le cœur rempli de tristesse, quitta, en balbutiant mille excuses, le vieillard qui grommelait.

Er eilte bewegt durch die Straßen der Stadt. Vor dem Tore setzte er sich unter den Bäumen nieder. Sie hatte ihm am Morgen gesagt, daß sie mit einigen Verwandten abends über Land fahren müsse. Bald saß, bald wanderte er liebetrunken im Walde; immer sah er das holdselige Bild, wie es mehr und mehr aus dem glühenden Golde quoll; jetzt erwartete er, sie herausschreiten zu sehn im Glanze ihrer Schönheit, und dann zerbrach die schönste Form vor seinen Augen, und er zürnte mit sich, daß er durch seine rastlose Liebe und die Verwirrung seiner Sinne das Bildnis und vielleicht sein Glück zerstört habe.

Als nach der Mittagsstunde der Spaziergang sich allgemach mit Menschen füllte, zog er sich tiefer in das Gebüsch zurück; spähend behielt er aber die ferne Landstraße im Auge, und jeder Wagen, der durch das Tor kam, wurde aufmerksam von ihm geprüft.

Es näherte sich dem Abende. Rote Schimmer warf die untergehende Sonne, da flog aus dem Tor der reiche vergoldete Wagen, der feurig im Abendglanze leuchtete. Er eilte hinzu. Ihr Auge hatte das seinige schon gesucht. Freundlich und lächelnd lehnte sie den glänzenden Busen aus dem Schlage, er fing ihren liebevollen Gruß und Wink auf; jetzt stand er neben dem Wagen, ihr voller Blick fiel auf ihn, und indem sie sich weiterfahrend wieder zurückzog, flog die Rose, welche ihren Busen zierte, heraus, und lag zu seinen Füßen.

Il traversa la ville avec une hâte fébrile. À peine franchies les portes, il s'assit sous les arbres. La jeune fille lui avait dit à l'église que, vers le soir, elle devait faire une promenade en voiture avec quelques parents. Ivre d'amour, Ferdinand erra dans le bois, s'asseyant parfois, puis reprenant sa course; il avait toujours sous les yeux l'image adorée, telle qu'il l'avait vue se dégager peu à peu de l'or flamboyant; il s'attendait à la voir s'avancer vers lui dans tout l'éclat de sa beauté, mais l'admirable apparition s'écroulait sous son regard; une violente colère l'animait contre lui-même à l'idée que son impatient amour et le désordre de ses sens avaient détruit l'image et, peut-être, son bonheur même.

Lorsque, après midi, les promeneurs se firent plus nombreux, il se cacha dans les buissons; mais il restait aux aguets et ne perdait pas de vue la grand-route, observant attentivement toutes les voitures qui franchissaient la porte.

Le soir venait; le soleil couchant jetait des rayons roses. Au pas vif des chevaux, une voiture sortit de la ville, ses riches dorures miroitant sous l'éclat vespéral. Il se précipita vers la route. Déjà la jeune fille le cherchait des yeux. Gracieuse et souriante, elle se pencha à la portière, il vit sa gorge parfaite, il reçut son salut amoureux; il se trouva un instant debout tout près de la voiture, sa bien-aimée l'enveloppa d'un long regard; et comme, emportée au trot des chevaux, elle reprenait sa place, la rose qui parait son sein tomba aux pieds de Ferdinand.

Er hob sie auf und küßte sie, und ihm war, als weis-
sage sie ihm, daß er seine Geliebte nicht wiedersehn
würde, daß nun sein Glück auf immer zerbrochen
sei.

Auf und ab lief man die Treppen, das ganze Haus
war in Bewegung, alles machte Geschrei und
Lärmen zum morgenden großen Feste. Die Mutter
war am tätigsten so wie am freudigsten; die Braut
ließ alles geschehn, und zog sich, ihrem Schicksal
nachsinnend, in ihr Zimmer zurück. Man erwartete noch den Sohn, den Hauptmann mit seiner
Frau und zwei ältere Töchter mit ihren Männern;
Leopold, ein jüngerer Sohn, war mutwillig beschäftigt, die Unordnung zu vermehren, den Lärmen zu
vergrößern, und alles zu verwirren, indem er alles
zu betreiben schien. Agathe, seine noch unverheira-
tete Schwester, wollte ihn zur Vernunft bringen und
dahin bewegen, daß er sich um nichts kümmere,
und nur die andern in Ruhe lasse; aber die Mutter
sagte: »Störe ihn nicht in seiner Torheit, denn heute
kommt es auf etwas mehr oder weniger nicht an;
nur darum bitte ich euch alle, da ich schon auf so
viel zu denken habe, daß ihr mich nicht mit irgend
etwas behelligt, was ich nicht höchst nötig erfahren
muß; ob sie Porzellan zerbrechen, ob einige silberne
Löffel fehlen, ob das Gesinde der fremden Scheiben
entzweischlägt, mit solchen Possen ärgert mich
nicht, daß ihr sie mir wiedererzählt. Sind diese Tage
der Unruhe vorüber, dann wollen wir Rechnung
halten.«

Il la releva et la baisa, mais il eut le sentiment que c'était là un présage, lui annonçant qu'il ne reverrait pas celle qu'il adorait, que son bonheur venait de se briser à tout jamais.

Des pas pressés montaient et descendaient les escaliers, toute la maison était en mouvement, tout le monde, à grand bruit et à grands cris, préparait la fête du lendemain. La mère de famille déployait plus d'activité et manifestait plus de joie que tous les autres ; la fiancée laissait faire et, retirée dans sa chambre, songeait à l'avenir que lui réservait le sort. On attendait encore le fils, le capitaine et sa femme, et les deux filles aînées avec leurs maris ; Léopold, le fils cadet, mettait toute sa jeune pétulance à accroître le désordre, à augmenter le tapage et à tout mettre sens dessus dessous, sous prétexte d'activer les préparatifs. Agathe, sa sœur, qui n'était pas mariée encore, cherchait à le modérer ; elle voulait le persuader de ne se mêler de rien et de laisser les autres en paix ; mais leur mère dit à la jeune fille : « Laisse-le faire ses folies, un peu plus ou un peu moins de désordre n'importe guère aujourd'hui. Mais, ayant la tête suffisamment farcie de soins divers, je vous prie tous de ne m'importuner de rien qu'il ne me faille absolument savoir ; si on casse de la porcelaine, s'il manque quelques cuillers d'argent ou si les domestiques des autres brisent une ou deux vitres, ne venez pas m'assommer en me rapportant ces sottises. Lorsque le coup de collier de ces journées sera passé, nous en dresserons le bilan.

»Recht so, Mutter!« sagte Leopold, »das sind Gesinnungen eines Regenten würdig! Wenn auch einige Mägde den Hals brechen, der Koch sich betrinkt und den Schornstein anzündet, der Kellermeister vor Freude den Malvasier auslaufen oder aussaufen läßt, Sie sollen von dergleichen Kindereien nichts erfahren. Es müßte denn sein, daß ein Erdbeben das Haus umwürfe; Liebste, das ließe sich unmöglich verhehlen.«

»Wann wird er doch einmal klüger werden!« sagte die Mutter; »was werden nur deine Geschwister denken, wenn sie dich ebenso unklug wiederfinden, als sie dich vor zwei Jahren verlassen haben.«

»Sie müssen meinem Charakter Gerechtigkeit widerfahren lassen«, antwortete der lebhafte Jüngling, »daß ich nicht so wandelbar bin wie sie oder ihre Männer, die sich in wenigen Jahren so sehr, und zwar nicht zu ihrem Vorteile verändert haben.«

Jetzt trat der Bräutigam zu ihnen, und fragte nach der Braut. Die Kammerjungfer ward geschickt, sie zu rufen. »Hat Leopold Ihnen, liebe Mutter, meine Bitte vorgetragen?« fragte der Verlobte.

»Daß ich nicht wüßte«, sagte diese; »in der Unordnung hier im Hause kann man keinen vernünftigen Gedanken fassen.«

Die Braut trat herzu, und die jungen Leute begrüßten sich mit Freuden. »Die Bitte, deren ich erwähnte«, fuhr dann der Bräutigam fort, »ist, daß Sie es nicht übel deuten mögen, wenn ich Ihnen noch einen Gast in Ihr Haus führe, das für diese Tage nur schon zu sehr besetzt ist.«

— Bravo, maman ! s'écria Léopold. Voilà des dispositions dignes d'un souverain. Si même quelques servantes se cassent le cou, si le cuisinier s'enivre et met le feu à la cheminée, si le sommelier dans sa joie laisse couler le malvoisie, vous ne saurez rien de ces enfantillages. À moins qu'un tremblement de terre ne renverse la maison ; car, très chère maman, il ne serait guère possible de vous le cacher.

— Ne deviendra-t-il jamais raisonnable à la fin ? fit la mère ; que penseront tes frères et sœurs, s'ils te retrouvent avec aussi peu de raison que voici deux ans, à leur dernière visite ?

— Force leur sera de rendre justice à mon caractère, répondit l'adolescent avec enjouement : mes sœurs reconnaîtront que je ne suis pas aussi versatile qu'elles ou que leurs maris, qui ont tant changé en quelques années, et certes pas à leur avantage ! »

Le fiancé s'approcha d'eux à cet instant et demanda où se trouvait sa fiancée. On envoya la femme de chambre l'appeler. « Chère maman, dit le fiancé, Léopold vous a-t-il présenté ma requête ?

— Bien sûr que non, dit Léopold ; dans le désordre qui règne ici, on ne peut pas avoir une idée sensée. »

La fiancée parut, et les jeunes gens se saluèrent gaiement. « Voici, dit ensuite le fiancé, la requête en question : je vous prie de ne pas m'en vouloir, si j'amène un hôte de plus dans votre maison déjà si pleine ces jours-ci.

»Sie wissen es selbst«, sagte die Mutter, »daß, so geräumig es auch ist, sich schwerlich noch Zimmer einrichten lassen.«

»Doch«, rief Leopold, »ich habe schon zum Teil dafür gesorgt, ich habe die große Stube im Hinterhause aufräumen lassen.«

»Ei, die ist nicht anständig genug«, sagte die Mutter, »seit Jahren ist sie ja fast nur zur Polterkammer gebraucht.«

»Prächtig ist sie hergestellt«, sagte Leopold, »und der Freund, für den sie bestimmt ist, sieht auch auf dergleichen nicht, dem ist es nur um unsre Liebe zu tun; auch hat er keine Frau und befindet sich gern in der Einsamkeit, so daß sie ihm gerade recht sein wird. Wir haben Mühe genug gehabt, ihm zuzureden und ihn wieder unter Menschen zu bringen.«

»Doch wohl nicht euer trauriger Goldmacher und Geisterbanner?« fragte Agathe.

»Kein andrer als der«, erwiderte der Bräutigam, »wenn Sie ihn einmal so nennen wollen.«

»Dann erlauben Sie es nur nicht, liebe Mutter«, fuhr die Schwester fort; »was soll ein solcher Mann in unserm Hause? Ich habe ihn einigemal mit Leopold über die Straße gehen sehn, und mir ist vor seinem Gesicht bange geworden; auch besucht der alte Sünder fast niemals die Kirche, er liebt weder Gott noch Menschen, und es bringt keinen Segen, dergleichen Ungläubige bei so feierlicher Gelegenheit unter das Dach einzuführen. Wer weiß, was daraus entstehn kann!«

— Vous le savez vous-même, dit la mère : si vaste que soit la maison, il serait bien difficile d'y trouver encore une chambre disponible.

— Cependant, s'écria Léopold, j'y ai déjà pourvu en partie : j'ai fait mettre en ordre la grande pièce, dans l'autre corps de logis.

— Mais, dit la mère, elle n'est pas assez convenable ; il y a des années qu'elle ne sert guère que de chambre de débarras.

— Elle est magnifiquement installée, reprit Léopold ; d'ailleurs, l'ami auquel nous la destinons ne se préoccupe guère de cela, il ne tient qu'à notre affection ; et puis, il n'est pas marié, il aime la solitude, et cette chambre est donc tout à fait ce qu'il lui faut. Nous avons eu assez de mal à le persuader et à le ramener dans la société de ses semblables.

— Ce n'est pourtant pas votre sinistre alchimiste, votre sorcier ? s'écria Agathe.

— Nul autre que lui, répondit le fiancé, s'il vous plaît de le nommer ainsi.

— Alors, ne le permettez pas, chère maman, reprit la jeune fille. Qu'est-ce qu'un pareil homme a à faire chez nous ? Je l'ai aperçu quelquefois avec Léopold dans la rue, et son visage m'a fait trembler ; du reste, ce vieux pécheur ne va presque jamais à l'église, il n'aime ni Dieu ni les hommes, et ce ne peut être une bénédiction sur la maison, que d'y introduire de pareils mécréants en une occasion aussi solennelle. Qui sait quels malheurs cela peut nous attirer !

»Wie du nun sprichst!« sagte Leopold erzürnt, »weil du ihn nicht kennst, so verurteilst du ihn, und weil dir seine Nase nicht gefällt, und er auch nicht mehr jung und reizend ist, so muß er, deinem Sinne nach, ein Geisterbanner und verruchter Mensch sein.«

»Gewähren Sie, teure Mutter«, sagte der Bräutigam, »unserm alten Freunde ein Plätzchen in Ihrem Hause, und lassen Sie ihn an unserer allgemeinen Freude teilnehmen. Er scheint, liebe Schwester Agathe, viel Unglück erlebt zu haben, welches ihn mißtrauisch und menschenfeindlich gemacht hat, er vermeidet alle Gesellschaft, und macht nur eine Ausnahme mit mir und Leopold; ich habe ihm viel zu danken, er hat zuerst meinem Geiste eine bessere Richtung gegeben, ja ich kann sagen, er allein hat mich vielleicht der Liebe meiner Julie würdig gemacht.«

»Mir borgt er alle Bücher«, fuhr Leopold fort, »und, was mehr sagen will, alte Manuskripte, und, was noch mehr sagen will, Geld, auf mein bloßes Wort; er hat die christlichste Gesinnung, Schwesterchen, und wer weiß, wenn du ihn näher kennenlernst, ob du nicht deine Sprödigkeit fahrenlässest, und dich in ihn verliebst, so häßlich er dir auch jetzt vorkommt.«

»Nun so bringen Sie ihn uns«, sagte die Mutter, »ich habe schon sonst so viel aus Leopolds Munde von ihm hören müssen, daß ich neugierig bin, seine Bekanntschaft zu machen.

— Que tu es injuste ! s'écria Léopold en colère. Tu le condamnes sans le connaître ; et pour la simple raison que son nez ne te plaît pas, qu'il n'est plus jeune ni gracieux, il ne peut être, à t'entendre, qu'un sorcier et un maudit.

— Chère mère, dit le fiancé, accordez à notre vieil ami une petite place dans votre maison et permettez-lui de prendre part à notre joie. Il paraît, Agathe, ma chère sœur, avoir éprouvé bien des revers, qui l'ont rendu méfiant et misanthrope ; il fuit la société humaine, ne faisant d'exception que pour Léopold et moi. Je lui dois beaucoup, c'est lui qui, le premier, a mis mon esprit sur la bonne voie ; j'irai plus loin, c'est lui seul qui m'a rendu digne de l'amour de ma Julie.

— Pour moi, reprit Léopold, il me prête tous ses livres, mieux, de vieux manuscrits, et mieux encore, de l'argent, sur ma seule parole ; ses dispositions sont fort chrétiennes, petite sœur. Qui sait ? peut-être, lorsque tu le connaîtras mieux, seras-tu moins bégueule et t'éprendras-tu de lui, si laid qu'il puisse te paraître pour l'instant.

— Eh bien, amenez-le ! conclut la mère. Léopold m'en a déjà tant rebattu les oreilles que je suis curieuse de faire sa connaissance.

Nur müssen Sie es verantworten, daß wir ihm keine bessere Wohnung geben können.«

Indem kamen Reisende an. Es waren die Mitglieder der Familie; die verheirateten Töchter, so wie der Offizier, brachten ihre Kinder mit. Die gute Alte freute sich, ihre Enkel zu sehn; alles war Bewillkommnung und frohes Gespräch, und als der Bräutigam und Leopold auch ihre Grüße empfangen und abgelegt hatten, entfernten sie sich, um ihren alten mürrischen Freund aufzusuchen.

Dieser wohnte die meiste Zeit des Jahres auf dem Lande, eine Meile von der Stadt, aber eine kleine Wohnung behielt er sich auch in einem Garten vor dem Tore. Hier hatten ihn zufälligerweise die beiden jungen Leute kennengelernt. Sie trafen ihn jetzt auf einem Kaffeehause, wohin sie sich bestellt hatten. Da es schon Abend geworden war, begaben sie sich nach einigen Gesprächen in das Haus zurück.

Die Mutter nahm den Fremden sehr freundschaftlich auf; die Töchter hielten sich etwas entfernt, besonders war Agathe schüchtern und vermied seine Blicke sorgfältig. Nach den ersten allgemeinen Gesprächen war das Auge des Alten aber unverwandt auf die Braut gerichtet, welche später zur Gesellschaft getreten war; er schien entzückt und man bemerkte, daß er eine Träne heimlich abzutrocknen suchte. Der Bräutigam freute sich an seiner Freude, und als sie nach einiger Zeit abseits am Fenster standen, nahm er die Hand des Alten und fragte ihn: »Was sagen Sie von meiner geliebten Julie? Ist sie nicht ein Engel?«

Mais il faut que vous preniez la responsabilité de lui donner un si mauvais logis, puisque nous n'en avons point de meilleur. »

À cet instant, des invités arrivèrent. C'étaient les membres de la famille ; les filles mariées et l'officier avaient avec eux leurs enfants. La bonne aïeule se réjouit de voir ses petits-enfants ; on s'embrassa tendrement, on échangea mille paroles joyeuses. À peine les salutations terminées, Léopold et le fiancé s'en allèrent chercher leur vieux misanthrope d'ami.

Il passait une grande partie de l'année à la campagne, à une lieue de la ville, mais il gardait une maisonnette dans un jardin près des portes. C'est là que les deux jeunes gens avaient fait sa connaissance par hasard. Ils le rejoignirent dans un café où ils lui avaient donné rendez-vous. Comme le soir venait, ils prirent aussitôt le chemin de la maison familiale.

La mère reçut l'étranger fort amicalement, les jeunes filles se tinrent un peu sur la réserve ; Agathe surtout, très intimidée, évitait soigneusement son regard. Mais après les premières conversations banales, les yeux du vieillard restèrent fixés sur la fiancée qui s'était jointe entre-temps au reste de la société ; il semblait ravi et on put observer qu'il cherchait à essuyer furtivement une larme. Le fiancé se réjouissait de sa joie ; au bout d'un moment, il le tira à l'écart près d'une fenêtre, lui prit la main et lui demanda : « Que dites-vous de ma chère Julie ? N'est-ce pas un ange ?

— »O mein Freund«, erwiderte der Alte gerührt, »eine solche Schönheit und Anmut habe ich noch niemals gesehn; oder ich sollte vielmehr sagen (denn dieser Ausdruck ist unrichtig), sie ist so schön, so bezaubernd, so himmlisch, daß mir ist, als hätte ich sie längst gekannt, als wäre sie, so fremd sie mir ist, das vertrauteste Bild meiner Imagination, das meinem Herzen stets einheimisch gewesen.«

»Ich verstehe Sie«, sagte der Jüngling; »ja das wahrhaft Schöne, Große und Erhabene, so wie es uns in Erstaunen und Verwunderung setzt, überrascht uns doch nicht als etwas Fremdes, Unerhörtes und Niegesehenes, sondern unser eigenstes Wesen wird uns in solchen Augenblicken klar, unsre tiefsten Erinnerungen werden erweckt, und unsre nächsten Empfindungen lebendig gemacht.«

Beim Abendessen nahm der Fremde an den Gesprächen nur wenigen Anteil; sein Blick war unverwandt auf die Braut geheftet, so daß diese endlich verlegen und ängstlich wurde. Der Offizier erzählte von einem Feldzuge, dem er beigewohnt hatte, der reiche Kaufmann sprach von seinen Geschäften und der schlechten Zeit, und der Gutsbesitzer von den Verbesserungen, welche er in seiner Landwirtschaft angefangen hatte.

Nach Tische empfahl sich der Bräutigam, um zum letztenmal in seine einsame Wohnung zurückzukehren; denn künftig sollte er mit seiner jungen Frau im Hause der Mutter wohnen, ihre Zimmer waren schon eingerichtet.

— Ô mon ami, répondit le vieux d'une voix émue, je n'ai jamais vu tant de grâce et de beauté ; ou plutôt je devrais dire (car mon expression est inexacte) qu'elle est si belle, si enchanteresse, si divine, qu'il me semble la connaître depuis bien longtemps : si inconnue qu'elle me soit, elle est l'image la plus familière de mon imagination, celle qui a toujours habité en mon cœur.

— Je vous comprends, dit le jeune homme. Oui, ce qui est vraiment beau, grand, sublime, peut bien éveiller en nous la surprise et la stupéfaction, mais ce n'est pas l'étonnement que cause un objet étranger, tout nouveau, jamais vu : en de pareils instants, notre être le plus intime nous devient transparent, nos souvenirs les plus profonds s'éveillent et nos sensations les plus chères prennent vie. »

Pendant le dîner, l'étranger se mêla peu à la conversation ; il ne quittait pas des yeux la fiancée qui finit par se sentir gênée et anxieuse. L'officier racontait une de ses campagnes, le riche négociant parlait de ses affaires et de la difficulté des temps, le propriétaire terrien des améliorations qu'il avait entreprises sur son domaine.

Après le repas, le fiancé prit congé et gagna pour la dernière fois sa demeure solitaire ; car à l'avenir il devait habiter avec sa jeune femme dans la maison familiale où leur appartement était préparé déjà.

Die Gesellschaft zerstreute sich, und Leopold
führte den Fremden nach seinem Gemach. »Ihr
entschuldigt es wohl«, fing er auf dem Gange an,
»daß Ihr etwas entfernt hausen müßt, und nicht so
bequem, als die Mutter wünscht; aber Ihr seht
selbst, wie zahlreich unsre Familie ist, und morgen
kommen noch andre Verwandte. Wenigstens werdet
Ihr uns nicht entlaufen können, denn Ihr findet
Euch gewiß nicht aus dem weitläufigen Gebäude
heraus.«

Sie gingen noch durch einige Gänge; endlich
entfernte sich Leopold und wünschte gute Nacht.
Der Bediente stellte zwei Wachskerzen hin, fragte,
ob er den Fremden entkleiden solle, und da
dieser jede Bedienung verbat, zog sich jener zurück,
und er befand sich allein. »Wie muß es mir denn
begegnen«, sagte er, indem er auf und nieder ging,
»daß jenes Bildnis so lebhaft heut aus meinem
Herzen quillt? Ich vergaß die ganze Vergangenheit
und glaubte sie selbst zu sehn. Ich war wieder jung
und ihr Ton erklang wie damals; mir dünkte, ich sei
aus einem schweren Traum erwacht; aber nein, jetzt
bin ich erwacht, und die holde Täuschung war nur
ein süßer Traum.«

Er war zu unruhig, um zu schlafen, er betrachtete
einige Zeichnungen an den Wänden und dann das
Zimmer. »Heute ist mir alles so bekannt«, rief er
aus, »könnt ich mich doch fast so täuschen, daß ich
mir einbildete, dieses Haus und dieses Gemach
seien mir nicht fremd.«

La compagnie se sépara et Léopold conduisit l'étranger à sa chambre. « Excusez-nous, lui dit-il dans le couloir, si nous vous donnons une pièce écartée et moins confortable que ne le voudrait ma mère ; mais vous voyez vous-même que notre famille est très nombreuse, et d'autres parents viennent demain. Du, moins, vous ne pourrez prendre la fuite, car vous ne trouveriez pas votre chemin dans cette bâtisse compliquée. »

Ils suivirent d'autres couloirs ; enfin, Léopold quitta son compagnon en lui souhaitant une bonne nuit. Le domestique alluma deux bougies et demanda à l'hôte s'il devait le déshabiller ; mais il refusa tout service et, le domestique parti, resta seul. « D'où vient donc, se dit-il en arpentant la pièce, que cette image jaillisse aujourd'hui si vivante de mon cœur ? J'oubliais tout le passé, et je croyais la voir elle-même. J'étais redevenu jeune, et sa voix était la même qu'autrefois ; il me semblait que je sortais d'un mauvais rêve ; mais non ! c'est maintenant que je suis éveillé, et la merveilleuse illusion n'était qu'un doux rêve. »

Trop agité pour s'endormir, il se mit à examiner des dessins accrochés aux murs, puis la chambre. « Tout me paraît si connu aujourd'hui, s'écria-t-il, pour un peu je m'imaginerais que cette maison et cette pièce ne me sont pas étrangères. »

Er suchte seine Erinnerungen anzuknüpfen, und hob einige große Bücher auf, welche in der Ecke standen. Als er sie durchblättert hatte, schüttelte er mit dem Kopfe. Ein Lautenfutteral lehnte an der Mauer; er eröffnete es und nahm ein altes seltsames Instrument heraus, das beschädigt war und dem die Saiten fehlten. »Nein, ich irre mich nicht«, rief er bestürzt : »diese Laute ist zu kenntlich, es ist die spanische meines längst verstorbenen Freundes Albert; dort stehn seine magischen Bücher, dies ist das Zimmer, in welchem er mir jenes holdselige Orakel erwecken wollte; verblichen ist die Röte des Teppichs, die goldene Einfassung ermattet, aber wundersam lebhaft ist alles, alles aus jenen Stunden in meinem Gemüt; darum schauerte mir, als ich hieherging, auf jenen langen verwickelten Gängen, welche mich Leopold führte; o Himmel, hier auf diesem Tische stieg das Bildnis quellend hervor, und wuchs auf wie von der Röte des Goldes getränkt und erfrischt; dasselbe Bild lachte hier mich an, welches mich heut abend dorten im Saale fast wahnsinnig gemacht hat, in jenem Saale, in welchem ich so oft mit Albert in vertrauten Gesprächen auf und nieder wandelte.«

Er entkleidete sich, schlief aber nur wenig. Am Morgen stand er früh wieder auf, und betrachtete das Zimmer von neuem; er eröffnete das Fenster, und sah dieselben Gärten und Gebäude vor sich, wie damals, nur waren indes viele neue Häuser hinzugebaut worden. »Vierzig Jahre sind seitdem verschwunden«, seufzte er,

Il chercha à coordonner ses souvenirs et prit dans ses mains quelques gros livres qui gisaient à terre dans un coin. Il les feuilleta et hocha la tête. Un étui à luth était appuyé au mur ; il l'ouvrit et en tira un étrange instrument antique, qui était en mauvais état et auquel manquaient les cordes. « Non, je ne me trompe pas, s'écria-t-il, bouleversé. Ce luth est trop reconnaissable, c'est l'instrument espagnol de mon ami Albert, qui est mort il y a si longtemps ; là-bas, ce sont ses livres de magie, et je me trouve dans la chambre où il tenta d'évoquer pour moi ce merveilleux oracle ; le tapis rouge est tout pâli, les baguettes d'or sont ternies, mais en mon cœur tous les instants de ces heures passées vivent encore avec une intensité étrange. C'est pourquoi j'ai été pris de ce frisson en venant ici et en suivant avec Léopold ces couloirs compliqués. Ô Ciel ! c'est ici, sur cette table, que l'image se dégagea de la coupe et parut, comme imbibée et fraîchement teinte de la pourpre dorée ; la même image me sourit jadis ici, qui, ce soir, faillit me faire perdre la raison, là-bas, dans la salle même où si souvent je me promenais de long en large pendant mes intimes entretiens avec Albert. »

Il se dévêtit, mais dormit peu. Le lendemain matin, il se leva de bonne heure et examina de nouveau la chambre ; il ouvrit la fenêtre et vit les mêmes jardins, les mêmes maisons que jadis ; seulement on en avait construit beaucoup de nouvelles dans l'intervalle. « Quarante ans se sont écoulés depuis lors, soupira-t-il,

»und jeder Tag von damals enthielt längeres Leben als der ganze übrige Zeitraum.«

Er ward wieder zur Gesellschaft gerufen. Der Morgen verging unter mannigfaltigen Gesprächen, endlich trat die Braut in ihrem Schmucke herein. Sowie der Alte ihrer ansichtig ward, geriet er wie außer sich, so daß keinem in der Gesellschaft seine Bewegung entging. Man begab sich zur Kirche und die Trauung ward vollzogen. Als sich alle wieder im Hause befanden, fragte Leopold seine Mutter : »Nun, wie gefällt Ihnen unser Freund, der gute mürrische Alte?«

»Ich habe ihn mir«, antwortete diese, »nach euren Beschreibungen viel abschreckender gedacht, er ist ja mild und teilnehmend, man könnte ein rechtes Zutrauen zu ihm gewinnen.«

»Zutrauen?« rief Agathe aus, »zu diesen fürchterlich brennenden Augen, diesen tausendfachen Runzeln, dem blassen eingekniffenen Mund, und diesem seltsamen Lachen, das so höhnisch klingt und aussieht? Nein, Gott bewahr mich vor solchem Freunde! Wenn böse Geister sich in Menschen verkleiden wollen, müssen sie eine solche Gestalt annehmen.«

»Wahrscheinlich doch eine jüngere und reizendere«, antwortete die Mutter; »aber ich kenne auch diesen guten Alten in deiner Beschreibung nicht wieder. Man sieht, daß er von heftigem Temperament ist, und sich gewöhnt hat alle seine Empfindungen in sich zu verschließen; er mag, wie Leopold sagt, viel Unglück erlebt haben,

et chaque journée d'alors renfermait une vie plus longue que tout le reste du temps. »

On vint l'inviter à rejoindre la compagnie. La matinée se passa en entretiens divers, jusqu'à ce que la fiancée fît son entrée, sous sa parure de noces. Dès que le vieillard aperçut son visage, il commença à s'agiter tant et si bien que son émoi n'échappa à personne. On se rendit à l'église et le mariage fut béni. Lorsque toute la compagnie fut de retour, Léopold demanda à sa mère : « Eh bien, que pensez-vous de notre bon vieux grognon d'ami ?

— D'après vos descriptions, répondit-elle, je l'avais imaginé bien plus effrayant ; il est doux et bienveillant, on se sent enclin à la plus grande confiance envers lui.

— Confiance ? s'écria Agathe. Confiance en ces yeux brûlant d'un feu terrible, en ces mille rides, en ces lèvres pâles et pincées, en cet inquiétant ricanement si sarcastique à voir et à entendre. Non, Dieu me garde d'un pareil ami ! Lorsque de méchants esprits veulent se déguiser en hommes, ils doivent prendre ces dehors-là.

— Ils en prennent sans doute de plus jeunes et de plus charmants, répondit la mère ; du reste, je ne reconnais pas ce bon vieillard dans ta description. On voit que sa nature est violente et qu'il a pris l'habitude de renfermer en lui-même toutes ses sensations ; sans doute a-t-il éprouvé, comme Léopold le dit, bien des revers,

daher ist er mißtrauisch geworden, und hat jene einfache Offenheit verloren, die hauptsächlich nur den Glücklichen eigen ist.«

Ihr Gespräch wurde unterbrochen, weil die übrige Gesellschaft hinzutrat. Man ging zur Tafel, und der Fremde saß neben Agathe und dem reichen Kaufmanne. Als man anfing die Gesundheiten zu trinken, rief Leopold: »Haltet noch inne, meine werten Freunde, dazu müssen wir unsern Festpokal hier haben, der dann rundum gehn soll!« Er wollte aufstehen, aber die Mutter winkte ihm, sitzen zu bleiben: »du findest ihn doch nicht«, sagte sie, »denn ich habe alles Silberzeug anders gepackt«. Sie ging schnell hinaus, um ihn selber zu suchen. »Was unsre Alte heut geschäftig und munter ist«, sagte der Kaufmann, »so dick und breit sie ist, so behende kann sie sich doch noch bewegen, obgleich sie schon sechzig zählt; ihr Gesicht sieht immer heiter und freudig aus, und heut ist sie besonders glücklich, weil sie sich in der Schönheit ihrer Tochter wieder verjüngt.« Der Fremde gab ihm Beifall, und die Mutter kam mit dem Pokal zurück. Man schenkte ihn voll Weins, und oben vom Tisch fing er an herumzugehn, indem jeder die Gesundheit dessen ausbrachte, was ihm das Liebste und Erwünschteste war. Die Braut trank das Wohlsein ihres Gatten, dieser die Liebe seiner schönen Julie, und so tat jeder nach der Reihe. Die Mutter zögerte, als der Becher zu ihr kam. »Nur dreist!« sagte der Offizier etwas rauh und voreilig,

et c'est pourquoi il est devenu méfiant et a perdu cette simple franchise qui est le fait des heureux seuls. »

Leur conversation fut interrompue par le reste de la société, qui les rejoignit à cet instant. On se mit à table ; l'étranger prit place entre Agathe et le riche négociant. Lorsqu'on voulut porter la première santé, Léopold s'écria : « Attendez un instant, chers amis ! Il nous faut notre coupe des grands jours, qui passera de main en main. » Il fit mine de se lever, mais sa mère lui fit signe de rester assis : « Tu ne la trouveras pas, dit-elle, car j'ai changé de place toute l'argenterie. » Elle sortit en hâte pour quérir elle-même la coupe. « Comme notre vieille maman est preste et alerte aujourd'hui, dit le négociant ; malgré ses soixante ans et sa corpulence, elle est encore bien agile dans ses mouvements ; son visage est toujours heureux et gai, mais aujourd'hui elle rayonne en se voyant rajeunie dans la beauté de sa fille. » L'étranger applaudit à ces paroles et la vieille dame revint avec la coupe. On la remplit de vin et, commençant par le haut de la table, on la fit circuler de l'un à l'autre ; chacun buvait à son souhait le plus cher. La mariée but à la santé de son époux, celui-ci à l'amour de sa belle Julie, et on continua à la ronde. La mère eut un instant d'hésitation lorsque le gobelet parvint entre ses mains. « Hardi ! s'écria l'officier avec quelque brusquerie et un peu étourdiment.

»wir wissen ja doch, daß Sie alle Männer für ungetreu und keinen einzigen der Liebe einer Frau
würdig halten; was ist Ihnen also das Liebste?« Die
Mutter sah ihn an, indem sich über die Milde ihres
Antlitzes plötzlich ein zürnender Ernst verbreitete.
»Da mein Sohn«, sagte sie, »mich so genau kennt,
und so strenge meine Gemütsart tadelt, so sei es
mir auch erlaubt, nicht auszusprechen, was ich jetzt
eben dachte, und suche er nur dasjenige, was er als
meine Überzeugung kennen will, durch seine unge-
fälschte Liebe unwahr zu machen.« Sie gab den
Becher, ohne zu trinken, weiter, und die Gesellschaft war auf einige Zeit verstimmt.

»Man erzählt sich«, sagte der Kaufmann leise,
indem er sich zum Fremden neigte, »daß sie ihren
Mann nicht geliebt habe, sondern einen andern,
der ihr aber ungetreu geworden ist; damals soll sie
das schönste Mädchen in der Stadt gewesen sein.«

Als der Becher zu Ferdinand kam, betrachtete
ihn dieser mit Erstaunen, denn es war derselbe, aus
welchem ihm Albert ehemals das schöne Bildnis
hervorgerufen hatte. Er schaute in das Gold hinein
und in die Welle des Weines, seine Hand zitterte; es
wurde ihn nicht verwundert haben, wenn aus dem
leuchtenden Zaubergefäße jetzt wieder jene Gestalt
hervorgeblüht wäre und mit ihr seine entschwun-
dene Jugend. »Nein«, sagte er nach einiger Zeit hal-
blaut, »es ist Wein, was hier glüht!« »Was soll es
anders sein?« sagte der Kaufmann lachend, »trinken
Sie getrost!« Ein Zucken des Schrecks durchfuhr
den Alten,

Nous savons bien que vous tenez tous les hommes pour infidèles et qu'aucun d'entre eux ne vous paraît mériter l'amour d'une femme ; quel est donc votre vœu le plus cher ? » Sa mère le regarda, et une gravité courroucée transforma soudain son doux visage. « Puisque mon fils, dit-elle, me connaît si bien et blâme si sévèrement mes sentiments, qu'il me soit permis de ne pas exprimer ce que je viens de penser et qu'il tâche de démentir par son amour sincère ce qu'il prétend être ma conviction profonde. » Elle passa la coupe à son voisin sans boire, et la gêne plana pendant quelques instants sur toute la société.

« On raconte, dit tout bas le négociant en se penchant vers l'étranger, qu'elle n'a pas aimé son mari, mais un autre homme qui lui fut infidèle ; on dit qu'alors elle était la plus belle fille de la ville. »

Lorsque la coupe arriva à Ferdinand, celui-ci l'examina avec stupéfaction, car c'était celle-là même d'où Albert avait fait surgir jadis l'image merveilleuse. Il plongea ses regards dans l'or et dans les ondes du vin ; sa main se mit à trembler. Il ne se fût point étonné de voir maintenant éclore du miroitant vase magique la même figure, et avec elle sa jeunesse enfuie. « Non, fit-il à mi-voix au bout d'un instant, c'est du vin qui luit ainsi ! — Hé, que serait-ce sinon ? dit en riant le négociant. Buvez en toute confiance. » Le vieillard tressaillit de peur,

er sprach den Namen Franziska heftig aus, und setzte den Pokal an die brünstigen Lippen. Die Mutter warf einen fragenden und verwundernden Blick hinüber. »Woher dieser schöne Becher?« sagte Ferdinand, der sich seiner Zerstreuung schämte. »Vor vielen Jahren schon«, antwortete Leopold, »noch ehe ich geboren war, hat ihn mein Vater zugleich mit diesem Hause und allen Mobilien von einem alten einsamen Hagestolz gekauft, einem stillen Menschen, den die Nachbarschaft umher für einen Zauberer hielt.« Ferdinand mochte nicht sagen, daß er jenen gekannt hatte, denn sein Dasein war ihm zu sehr zum seltsamen Traum verwirrt, um auch nur aus der Ferne die übrigen in sein Gemüt schauen zu lassen.

Nach aufgehobener Tafel war er mit der Mutter allein, weil die jungen Leute sich zurückgezogen hatten, um Anstalten zum Balle zu treffen. »Setzen Sie sich neben mich«, sagte die Mutter, »wir wollen ausruhen, denn wir sind über die Jahre des Tanzes hinweg, und wenn es nicht unbescheiden ist zu fragen, so sagen Sie mir doch, ob Sie unsern Pokal schon sonstwo gesehn haben, oder was es war, was Sie so innerlichst bewegte.«

»O gnädige Frau«, sagte der Alte, »verzeihen Sie meiner törichten Heftigkeit und Rührung; aber seit ich in Ihrem Hause bin, ist es, als gehöre ich mir nicht mehr an, denn in jedem Augenblicke vergesse ich es, daß mein Haar grau ist, daß meine Geliebten gestorben sind. Ihre schöne Tochter, die heute den frohesten Tag ihres Lebens feiert,

il prononça passionnément le nom de Franziska et
porta la coupe à ses lèvres ardentes. La vieille dame
lui jeta un regard surpris et interrogateur. « D'où
vient donc ce beau gobelet? » dit Ferdinand, tout
honteux de sa distraction. « Il y a bien des années,
répondit Léopold, avant ma naissance, mon père
acheta cette maison et tout le mobilier à un vieil
original, un homme solitaire et taciturne que tout
le voisinage tenait pour un sorcier. » Ferdinand ne
voulut pas dire qu'il l'avait bien connu; car son
existence, en toute cette confusion, lui paraissait un
rêve étrange, et il ne souhaitait pas que les autres
pussent, même de loin, jeter un regard dans son
cœur.

La table desservie, il resta seul avec la vieille
dame, tandis que les jeunes gens se retiraient afin
de se préparer pour le bal. « Prenez place auprès
de moi, dit la mère. Reposons-nous un peu, car
nous avons passé l'âge de la danse; et si ma question n'est pas indiscrète, dites-moi donc si vous avez
déjà vu quelque part notre coupe, ou sinon ce qui
vous émut si profondément.

— Ah, Madame! répondit le vieillard, par-
donnez-moi ma folie et mon émotion, mais depuis
que je suis dans cette maison, j'ai l'impression de
ne plus m'appartenir; car, à chaque instant j'ou-
blie que mes cheveux sont blancs, que les êtres
qui me furent chers sont morts. Votre charmante
fille, qui célèbre aujourd'hui le plus beau jour de
sa vie,

ist einem Mädchen, das ich in meiner Jugend
kannte und anbetete, so ähnlich, daß ich es für
ein Wunder halten muß; nicht ähnlich, nein, der
Ausdruck sagt zu wenig, sie ist es selbst! Auch hier
im Hause bin ich viel gewesen, und einmal mit
diesem Pokal auf die seltsamste Weise bekannt
geworden.« Er erzählte ihr hierauf sein Abenteuer.
»An dem Abend dieses Tages«, so beschloß er, »sah
ich draußen im Park meine Geliebte zum letztenmal, indem sie über Land fuhr. Eine Rose entfiel
ihr, diese habe ich aufbewahrt; sie selbst ging mir
verloren, denn sie ward mir ungetreu und bald
darauf vermählt.«

»Gott im Himmel!« rief die Alte und sprang
heftig bewegt auf, »du bist doch nicht Ferdinand?«

»So ist mein Name«, sagte jener.

»Ich bin Franziska«, antwortete die Mutter.

Sie wollten sich umarmen, und fuhren schnell
zurück. Beide betrachteten sich mit prüfenden
Blicken, beide suchten aus dem Ruin der Zeit jene
Lineamente wieder zu entwickeln, die sie ehemals
aneinander gekannt und geliebt hatten, und wie in
dunkeln Gewitternächten unter dem Fluge schwar-
zer Wolken einzeln in flüchtigen Momenten die
Sterne rätselhaft schimmern, um schnell wieder zu
erlöschen, so schien ihnen aus den Augen, von Stirn
und Mund jezuweilen der wohlbekannte Zug
vorüberblitzend, und es war, als wenn ihre Jugend
in der Ferne lächelnd weinte. Er bog sich nieder
und küßte ihre Hand, indem zwei große Tränen
herabstürzten, dann umarmten sie sich herzlich.

ressemble tant à une jeune fille que j'ai connue et adorée dans ma jeunesse, que c'est un véritable miracle ; non, elle ne lui ressemble pas, l'expression est trop faible : c'est elle-même ! Et cette maison aussi me fut familière ; j'y ai vu cette coupe un jour dans les circonstances les plus singulières. » Il raconta son aventure. « Le soir de ce jour-là, conclut-il, je vis ma bien-aimée pour la dernière fois, tandis qu'elle traversait le parc en voiture. Une rose tomba de son corsage, et je l'ai conservée ; elle-même était perdue pour moi, car elle me fut infidèle et se maria peu de temps après.

— Dieu ! s'écria la vieille dame qui se leva, en proie à une violente émotion. Tu n'es pourtant pas Ferdinand !

— C'est bien mon nom, répondit le vieillard.

— Je suis Franziska », dit-elle à son tour.

Ils firent le geste de s'embrasser, mais reculèrent bien vite. Tous deux se considéraient avec attention, cherchant à retrouver, sous les ruines de l'âge, ces traits qu'ils avaient connus et aimés ; et de même que par les sombres nuits de tempête, la fuite des noirs nuages découvre fugitivement des étoiles isolées qui luisent, énigmatiques, de même ils croyaient voir par instants dans ces yeux, ce front, ces lèvres, les traits familiers de jadis. Il leur semblait que leur jeunesse pleurât et sourît à la fois dans le lointain. Il s'inclina et baisa sa main, tandis que deux grosses larmes coulaient sur ses joues ; puis ils s'embrassèrent avec tendresse.

»Ist deine Frau gestorben?« fragte die Mutter.

»Ich war nie verheiratet«, schluchzte Ferdinand.

»Himmel!« sagte die Alte, die Hände ringend, »so bin ich die Ungetreue gewesen! Doch nein, nicht ungetreu. Als ich vom Lande zurückkam, wo ich zwei Monden gewesen war, hörte ich von allen Menschen, auch von deinen Freunden, nicht bloß den meinigen, du seist längst abgereist und in deinem Vaterlande verheiratet, man zeigte mir die glaubwürdigsten Briefe, man drang heftig in mich, man benutzte meine Trostlosigkeit, meinen Zorn, und so geschah es, daß ich meine Hand dem verdienstvollen Manne gab; mein Herz, meine Gedanken blieben dir immer gewidmet.«

»Ich habe mich nicht von hier entfernt«, sagte Ferdinand, »aber nach einiger Zeit vernahm ich deine Vermählung. Man wollte uns trennen, und es ist ihnen gelungen. Du bist glückliche Mutter, ich lebe in der Vergangenheit, und alle deine Kinder will ich wie die meinigen lieben. Aber wie wunderbar, daß wir uns seitdem nie wiedergesehen haben.«

»Ich ging wenig aus«, sagte die Mutter, »und mein Mann, der bald darauf einer Erbschaft wegen einen andern Namen annahm, hat dir auch jeden Verdacht dadurch entfernt, daß wir in derselben Stadt wohnen könnten.«

»Ich vermied die Menschen«, sagte Ferdinand, »und lebte nur der Einsamkeit; Leopold ist beinah der einzige, der mich wieder anzog und unter Menschen führte. O geliebte Freundin,

« Ta femme est-elle morte ? demanda-t-elle.

— Je ne me suis jamais marié, sanglota Ferdinand.

— Ciel ! s'écria la vieille dame en se tordant les mains. C'est donc moi qui ai été infidèle ! Mais non, pourtant, pas infidèle. Lorsque je revins de la campagne où j'étais restée deux mois, j'entendis dire à tout le monde, à tes amis aussi bien qu'aux miens, que tu avais quitté la ville depuis longtemps et que tu t'étais marié dans ton pays ; on me montra les lettres les plus dignes de foi, on me pressa avec insistance, on profita de mon désespoir, de ma colère ; et c'est ainsi que je finis par accorder ma main à un homme plein de mérites ; mais mon cœur et mes pensées te restèrent consacrés à jamais.

— Je n'avais pas quitté ce pays, reprit Ferdinand. Mais au bout de quelque temps, j'appris ton mariage. On a voulu nous séparer, et on y est parvenu. Tu es une mère heureuse, je vis dans le passé, et je veux aimer tous tes enfants comme s'ils étaient les miens. Mais comme il est étrange que nous ne nous soyons jamais revus.

— Je sortais peu, dit-elle, et mon mari ayant changé de nom peu de temps après notre mariage, à la suite d'un héritage, tu n'as pas pu te douter que nous vivions dans la même ville.

— J'évitais les hommes, dit Ferdinand, et vivais dans la plus complète solitude ; Léopold est à peu près le seul qui m'ait attiré et qui ait pu me décider à voir quelques personnes. Ô chère amie,

es ist wie eine schauerliche Geistergeschichte, wie
wir uns verloren und wiedergefunden haben.«

Die jungen Leute fanden die Alten in Tränen
aufgelöst und in tiefster Bewegung. Keines sagte,
was vorgefallen war, das Geheimnis schien ihnen zu
heilig. Aber seitdem war der Greis der Freund des
Hauses, und der Tod nur schied die beiden Wesen,
die sich so sonderbar wiedergefunden hatten, um
sie kurze Zeit nachher wieder zu vereinigen.

la façon dont nous nous sommes perdus et retrouvés
ressemble à une terrible histoire de sorcellerie. »

Les jeunes gens retrouvèrent les vieillards en
larmes et profondément bouleversés. Ils ne dirent
rien de ce qui s'était passé, le secret leur parut trop
sacré. Mais, dès ce jour, le vieillard fut l'ami de la
maison et la mort seule sépara ces deux êtres qui
s'étaient singulièrement retrouvés, pour les réunir
à nouveau peu de temps après.

Die Elfen

Les Elfes

»Wo ist denn die Marie, unser Kind?« fragte der Vater.

»Sie spielt draußen auf dem grünen Platze«, antwortete die Mutter, »mit dem Sohne unsers Nachbars.«

»Daß sie sich nicht verlaufen«, sagte der Vater besorgt; »sie sind unbesonnen.«

Die Mutter sah nach den Kleinen und brachte ihnen ihr Vesperbrot. »Es ist heiß!« sagte der Bursche, und das kleine Mädchen langte begierig nach den roten Kirschen. »Seid nur vorsichtig, Kinder«, sprach die Mutter, »lauft nicht zu weit vom Hause, oder in den Wald hinein, ich und der Vater gehn aufs Feld hinaus.« Der junge Andres antwortete : »O, sei ohne Sorge, denn vor dem Walde fürchten wir uns, wir bleiben hier beim Hause sitzen, wo Menschen in der Nähe sind.«

Die Mutter ging und kam bald mit dem Vater wieder heraus.

« Où donc est Marie, notre fille ? demanda le
père.

— Elle joue dehors, sur l'herbe, avec le fils du
voisin, répondit la mère.

— Qu'ils n'aillent pas s'égarer, fit le père d'un
air soucieux ; ils sont si étourdis. »

La mère se mit en quête des enfants et leur porta
leur goûter. « Il fait chaud », dit le gamin, et la
petite fille tendit avidement la main vers les cerises
rouges. « Soyez prudents, enfants, dit la mère. Ne
vous éloignez pas trop de la maison et ne vous aven-
turez pas dans la forêt. Je vais avec père aux
champs. » Le jeune Andrès répondit : « Oh, soyez
sans crainte ; la forêt nous fait peur, et nous reste-
rons près de la maison, où il y a des hommes. »

La mère rentra, puis ressortit bientôt avec le
père.

Sie verschlossen ihre Wohnung und wandten sich nach dem Felde, um nach den Knechten und zugleich auf der Wiese nach der Heuernte zu sehn. Ihr Haus lag auf einer kleinen grünen Anhöhe, von einem zierlichen Stakete umgeben, welches auch ihren Frucht- und Blumengarten umschloß; das Dorf zog sich etwas tiefer hinunter, und jenseit erhob sich das gräfliche Schloß. Martin hatte von der Herrschaft das große Gut gepachtet, und lebte mit seiner Frau und seinem einzigen Kinde vergnügt, denn er legte jährlich zurück, und hatte die Aussicht, durch Tätigkeit ein vermögender Mann zu werden, da der Boden ergiebig war und der Graf ihn nicht drückte.

Indem er mit seiner Frau nach seinen Feldern ging, schaute er fröhlich um sich, und sagte : »Wie ist doch die Gegend hier so ganz anders, Brigitte, als diejenige, in der wir sonst wohnten. Hier ist es so grün, das ganze Dorf prangt von dichtgedrängten Obstbäumen, der Boden ist voll schöner Kräuter und Blumen, alle Häuser sind munter und reinlich, die Einwohner wohlhabend, ja mir dünkt, die Wälder hier sind schöner und der Himmel blauer, und so weit nur das Auge reicht, sieht man seine Lust und Freude an der freigebigen Natur.«

»Sowie man nur«, sagte Brigitte, »dort jenseit des Flusses ist, so befindet man sich wie auf einer andern Erde, alles so traurig und dürr; jeder Reisende behauptet aber auch, daß unser Dorf weit und breit in der Runde das schönste sei.«

»Bis auf jenen Tannengrund«,

Ils fermèrent la porte à clef et s'en allèrent aux champs pour surveiller les valets et jeter un coup d'œil aux travaux de la fenaison. La maison se trouvait sur une petite colline verte ; elle était entourée d'une jolie barrière qui clôturait aussi le verger et le jardin fleuri ; le village s'étendait un peu plus bas, et au-delà s'élevait le château des comtes. Martin avait pris à ferme ce grand domaine qui appartenait au seigneur, et il y vivait heureux avec sa femme et leur enfant unique ; chaque année il faisait quelques économies et il espérait acquérir par son travail une certaine aisance. Le sol était fertile, et le comte ne se montrait pas trop exigeant.

Tout en cheminant vers ses champs, il jeta autour de lui un regard heureux et dit à sa femme : « Que ce pays est donc différent de celui où nous habitions jadis, chère Brigitte. Ici, tout est vert, le village entier est paré de riches vergers, le sol produit quantité d'herbages et de belles fleurs, toutes les maisons sont agréables et propres, les habitants vivent sans soucis ; il me semble même que les forêts sont plus belles et le ciel plus bleu. Et aussi loin qu'on porte son regard, on prend plaisir à la générosité de la nature.

— Dès qu'on passe la rivière, là-bas, dit Brigitte, on est comme sur une autre terre, tant tout y est triste et sec ; et tous les voyageurs répètent que bien loin à la ronde, notre village est le plus beau.

— Sauf ce bois de sapins dans la gorge,

erwiderte der Mann; »schau einmal dorthin zurück, wie schwarz und traurig der abgelegene Fleck in der ganzen heitern Umgebung liegt; hinter den dunkeln Tannenbäumen die rauchige Hütte, die verfallenen Ställe, der schwermütig vorüber-fließende Bach.«

»Es ist wahr«, sagte die Frau, indem beide still-standen, »sooft man sich jenem Platze nur nähert, wird man traurig und beängstigt, man weiß selbst nicht warum. Wer nur die Menschen eigentlich sein mögen, die dort wohnen, und warum sie sich doch nur so von allen in der Gemeinde entfernt halten, als wenn sie kein gutes Gewissen hätten.«

»Armes Gesindel«, erwiderte der junge Pachter, »dem Anschein nach Zigeunervolk, die in der Ferne rauben und betrügen, und hier vielleicht ihren Schlupfwinkel haben. Mich wundert nur, daß die gnädige Herrschaft sie duldet.«

»Es können auch wohl«, sagte die Frau weich-mütig, »arme Leute sein, die sich ihrer Armut schämen, denn man kann ihnen doch eben nichts Böses nachsagen; nur ist es bedenklich, daß sie sich nicht zur Kirche halten, und man auch eigentlich nicht weiß, wovon sie leben, denn der kleine Garten, der noch dazu ganz wüst zu liegen scheint, kann sie unmöglich ernähren, und Felder haben sie nicht.«

»Weiß der liebe Gott«, fuhr Martin fort, indem sie weitergingen, »was sie treiben mögen; kommt doch auch kein Mensch zu ihnen, denn der Ort, wo sie wohnen, ist ja wie verbannt und verhext, so daß sich auch die vorwitzigsten Bursche nicht hingetrauen.«

reprit l'homme; retourne-toi et vois quelle tache morne et noire il fait dans ce gai paysage, avec ses sombres sapins, et plus loin la hutte enfumée, les étables en ruine, le ruisseau au cours lent et mélancolique.

— C'est vrai, dit la femme, tandis qu'ils s'arrêtaient tous deux. Chaque fois qu'on s'approche de cet endroit, on se sent devenir triste et anxieux, sans savoir pourquoi. Qui sont donc les gens qui habitent là? et pourquoi se tiennent-ils à l'écart de toute la paroisse, comme s'ils avaient mauvaise conscience?

— De pauvres vagabonds, répondit le jeune fermier. Sans doute des tziganes, qui volent et pillent au loin et qui ont ici leur repaire. Ce qui m'étonne, c'est que les maîtres les tolèrent.

— Il se peut aussi, dit la femme sur un ton compatissant, que ce soient de pauvres gens qui ont honte de leur misère; on n'a rien à leur reprocher. Il est singulier, seulement, qu'ils ne fréquentent pas l'église et qu'on ne sache pas trop de quoi ils vivent; car le petit jardin, qui du reste semble rester en friche, ne peut les nourrir et ils n'ont point de champs.

— Dieu seul, fit Martin tandis qu'ils se remettaient en route, sait ce qu'ils peuvent bien faire; et personne n'y va voir, l'endroit où ils habitent est comme qui dirait excommunié et ensorcelé, les plus hardis gaillards ne s'y aventurent pas. »

Dieses Gespräch setzten sie fort, indem sie sich in das Feld wandten. Jene finstre Gegend, von welcher sie sprachen, lag abseits vom Dorfe. In einer Vertiefung, welche Tannen umgaben, zeigte sich eine Hütte und verschiedene fast zertrümmerte Wirtschaftsgebäude, nur selten sah man Rauch dort aufsteigen, noch seltner wurde man Menschen gewahr; jezuweilen hatten Neugierige, die sich etwas näher gewagt, auf der Bank vor der Hütte einige abscheuliche Weiber in zerlumptem Anzuge wahrgenommen, auf deren Schoß ebenso häßliche und schmutzige Kinder sich wälzten; schwarze Hunde liefen vor dem Reviere, in Abendstunden ging wohl ein ungeheurer Mann, den niemand kannte, über den Steg des Baches und verlor sich in die Hütte hinein; dann sah man in der Finsternis sich verschiedene Gestalten, wie Schatten um ein ländliches Feuer bewegen. Dieser Grund, die Tannen und die verfallene Hütte machten wirklich in der heitern grünen Landschaft, gegen die weißen Häuser des Dorfes und gegen das prächtige neue Schloß, den sonderbarsten Abstich.

Die beiden Kinder hatten jetzt die Früchte verzehrt; sie verfielen darauf, in die Wette zu laufen, und die kleine behende Marie gewann dem langsameren Andres immer den Vorsprung ab. »So ist es keine Kunst!« rief endlich dieser aus, »aber laß es uns einmal in die Weite versuchen, dann wollen wir sehen, wer gewinnt!« »Wie du willst«, sagte die Kleine, »nur nach dem Strome dürfen wir nicht laufen.« »Nein«, erwiderte Andres,

Ils poursuivirent ces propos en s'avançant dans les champs. Le sombre endroit dont ils parlaient se trouvait à l'écart du village. Dans un renfoncement de terrain bordé de sapins, on voyait une hutte et divers bâtiments délabrés. Il était rare qu'une fumée montât de la cheminée, plus rare qu'on vît des hommes auprès de la chaumière ; lorsque, parfois, des curieux avaient osé s'approcher, ils avaient aperçu sur le banc devant la maisonnette d'horribles femmes en loques, qui faisaient sauter sur leurs genoux des enfants aussi laids et aussi malpropres qu'elles-mêmes ; des chiens noirs erraient autour de la maison, et le soir on voyait un homme effrayant, que personne ne connaissait, franchir la passerelle du ruisseau et disparaître dans la chaumière. Puis, dans l'obscurité, des figures humaines s'agitaient comme des ombres autour d'un feu rustique. Cette gorge, les sapins et la hutte lézardée faisaient vraiment le plus singulier contraste avec le paysage riant, les blanches maisons du village et la splendeur du château neuf.

Les deux enfants avaient fini de manger les fruits ; ils jouèrent à qui courait le plus vite, et l'agile petite Marie l'emportait toujours sur Andrès, qui était plus gauche. « Comme ça, ce n'est pas si difficile ! s'écria-t-il enfin. Mais essayons une fois une plus longue course, nous verrons bien qui gagnera ? — Comme tu voudras, dit la petite. Mais nous ne devons pas courir vers la rivière. — Non, répondit Andrès,

»aber dort auf jenem Hügel steht der große Birn-
baum, eine Viertelstunde von hier, ich laufe hier
links um den Tannengrund vorbei, du kannst rechts
in das Feld hineinrennen, daß wir nicht eher als
oben wieder zusammenkommen, so sehen wir dann,
wer der Beste ist.«

»Gut«, sagte Marie, und fing schon an zu laufen,
»so hindern wir uns auch nicht auf demselben Wege,
und der Vater sagt ja, es sei zum Hügel hinauf gleich
weit, ob man diesseits, ob man jenseits der Zigeu-
nerwohnung geht.«

Andres war schon vorangesprungen und Marie,
die sich rechts wandte, sah ihn nicht mehr. »Er ist
eigentlich dumm«, sagte sie zu sich selbst, »denn ich
dürfte nur den Mut fassen, über den Steg, bei der
Hütte vorbei, und drüben wieder über den Hof
hinaus zu laufen, so käme ich gewiß viel früher an.«
Schon stand sie vor dem Bache und dem Tannen-
hügel. »Soll ich? Nein, es ist doch zu schrecklich«,
sagte sie. Ein kleines weißes Hündchen stand jenseit und bellte aus Leibeskräften. Im Erschrecken
kam das Tier ihr wie ein Ungeheuer vor, und sie
sprang zurück. »O weh!« sagte sie, »nun ist der
Bengel weit voraus, weil ich hier steh und überlege.«
Das Hündchen bellte immerfort, und da sie es
genauer betrachtete, kam es ihr nicht mehr fürchterlich, sondern im Gegenteil ganz allerliebst vor: es
hatte ein rotes Halsband um, mit einer glänzenden
Schelle, und sowie es den Kopf hob und sich im
Bellen schüttelte, erklang die Schelle äußerst lieblich. »Ei! es will nur gewagt sein!«

mais tu vois là-bas le grand poirier sur la colline, à un quart d'heure d'ici : je vais courir ici, à gauche, le long de la gorge aux sapins, et toi à droite, à travers le champ ; nous ne nous rejoindrons qu'en haut, et nous verrons qui y sera le premier.

— Bien, dit Marie qui se mit aussitôt à courir. Ainsi, nous ne nous gênerons pas, et père dit que le chemin est le même d'ici à la colline, que l'on prenne à gauche ou à droite de chez les tziganes. »

Andrès était déjà parti, et Marie qui tourna à droite le perdit de vue. « Au fond, se dit-elle, il est bête : il suffit que j'aie le courage de passer le ruisseau sur la planche, de prendre auprès de la hutte et de traverser la cour, j'arriverais bien avant lui. » Elle était déjà au bord du ruisseau, au pied de la colline aux sapins. « Faut-il ? Non, j'ai bien trop peur », se dit-elle. Un petit chien blanc, sur l'autre rive, jappait à perdre haleine. Dans sa frayeur, l'animal lui parut être un monstre et elle s'enfuit. « Aïe ! s'écria-t-elle, le gamin a pris de l'avance tandis que je restais là à m'interroger. » Le petit chien aboyait toujours, Marie le regarda plus attentivement ; il ne lui parut plus du tout terrible, mais au contraire très charmant. Il avait un ruban rouge autour du cou, avec une clochette luisante, et comme il levait et agitait la tête en aboyant, la clochette tintait agréablement. « Allons ! Il ne faut qu'un peu de courage !

rief die kleine Marie, »ich renne was ich kann, und
bin schnell, schnell jenseit wieder hinaus, sie können
mich doch eben nicht gleich von der Erde weg auf-
fressen!« Somit sprang das muntere mutige Kind
auf den Steg, rasch an den kleinen Hund vorüber,
der still ward und sich an ihr schmeichelte, und nun
stand sie im Grunde, und rundumher verdeckten
die schwarzen Tannen die Aussicht nach ihrem
elterlichen Hause und der übrigen Landschaft.

Aber wie war sie verwundert. Der bunteste,
fröhlichste Blumengarten umgab sie, in welchem
Tulpen, Rosen und Lilien mit den herrlichsten
Farben leuchteten, blaue und goldrote Schmetter-
linge wiegten sich in den Blüten, in Käfigen aus
glänzendem Draht hingen an den Spalieren vielfar-
bige Vögel, die herrliche Lieder sangen, und Kinder
in weißen kurzen Röckchen, mit gelockten gelben
Haaren und hellen Augen, sprangen umher, einige
spielten mit kleinen Lämmern, andere fütterten die
Vögel, oder sammelten Blumen und schenkten sie
einander, andere wieder aßen Kirschen, Wein-
trauben und rötliche Aprikosen. Keine Hütte war
zu sehn, aber wohl stand ein großes schönes Haus
mit eherner Tür und erhabenem Bildwerk leuchtend in der Mitte des Raumes. Marie war vor
Erstaunen außer sich und wußte sich nicht zu fin-
den; da sie aber nicht blöde war, ging sie gleich
zum ersten Kinde, reichte ihm die Hand und bot
ihm guten Tag. »Kommst du uns auch einmal zu
besuchen?« sagte das glänzende Kind; »ich habe
dich draußen rennen und springen sehn,

s'écria l'enfant. Je vais courir de toutes mes forces, et je serai bien, bien vite de l'autre côté, ils ne peuvent pourtant pas me dévorer au vol! » Vive et hardie, elle bondit sur la passerelle, passa auprès du chien qui se tut et vint la caresser, puis elle se trouva dans la gorge; de toutes parts, les noirs sapins lui cachaient la maison paternelle et tout le paysage d'alentour.

Mais quelle ne fut pas sa surprise! Elle était au milieu d'un délicieux jardin fleuri, où les tulipes, les roses et les lis brillaient des plus belles couleurs. Des papillons bleus, cuivrés et dorés, se berçaient sur les pétales; dans des cages de métal resplendissant, suspendues aux espaliers, elle vit des oiseaux aux teintes variées, qui chantaient merveilleusement; des enfants, vêtus de courtes tuniques blanches, les cheveux blonds et bouclés, les yeux clairs, couraient et jouaient. Les uns s'amusaient avec des agneaux, d'autres donnaient à manger aux oiseaux, ou bien cueillaient des fleurs et échangeaient leurs bouquets; il y en avait qui mangeaient des cerises, des raisins ou des abricots dorés. On ne voyait plus la hutte, mais une grande et belle maison avec une porte de bronze et des bas-reliefs occupait le milieu du jardin. Marie, égarée de surprise, ne parvenait pas à retrouver ses esprits; mais comme elle n'était pas timide, elle s'avança vers l'un des enfants, lui tendit la main et lui dit bonjour. « Viens-tu donc nous rendre visite? dit le merveilleux enfant. Je t'ai vue courir là-bas,

aber vor unserm Hündchen hast du dich gefür-
chtet.« — »So seid ihr wohl keine Zigeuner und
Spitzbuben«, sagte Marie, »wie Andres immer
spricht? O freilich ist der nur dumm, und redet viel
in den Tag hinein.« — »Bleib nur bei uns«, sagte
die wunderbare Kleine, »es soll dir schon gefallen.«
— »Aber wir laufen ja in die Wette.« — »Zu ihm
kommst du noch früh genug zurück. Da nimm, und
iß!« — Marie aß, und fand die Früchte so süß, wie
sie noch keine geschmeckt hatte, und Andres, der
Wettlauf, und das Verbot ihrer Eltern waren gän-
zlich vergessen.

Eine große Frau in glänzendem Kleide trat herzu,
und fragte nach dem fremden Kinde. »Schönste
Dame«, sagte Marie, »von ohngefähr bin ich herein-
gelaufen, und da wollen sie mich hierbehalten.« »Du
weißt, Zerina«, sagte die Schöne, »daß es ihr nur
kurze Zeit erlaubt ist, auch hättest du mich erst
fragen sollen.« »Ich dachte«, sagte das glänzende
Kind, »weil sie doch schon über die Brücke gelassen
war, könnt ich es tun; auch haben wir sie ja oft im
Felde laufen sehn, und du hast dich selber über ihr
muntres Wesen gefreut; wird sie uns doch früh
genug verlassen müssen.«

»Nein, ich will hierbleiben«, sagte die Fremde,
»denn hier ist es schön, auch finde ich hier das beste
Spielzeug und dazu Erdbeeren und Kirschen,
draußen ist es nicht so herrlich.«

Die goldbekleidete Frau entfernte sich lächelnd,
und viele von den Kindern sprangen jetzt um die
fröhliche Marie mit Lachen her,

mais tu as eu peur de notre petit chien. — Vous n'êtes donc pas des tziganes et des coquins, comme Andrès le prétend toujours? fit Marie. Oh, c'est qu'il est bête et dit tout ce qui lui passe par la tête! — Reste avec nous, dit l'admirable fillette, tu te plairas ici. — Mais nous jouons à qui arrivera le premier. — Bah! tu le retrouveras toujours assez tôt. Tiens, mange. » Marie mangea les fruits et les trouva si délicieux qu'elle n'en avait jamais goûté de pareils; elle oublia Andrès, la course et la défense de ses parents.

Une grande dame, vêtue d'une robe splendide, entra et demanda qui était l'enfant étrangère. « Belle dame, répondit Marie, je me suis égarée ici par hasard, et maintenant ils veulent me garder auprès d'eux. — Tu sais, Zerina, dit la belle dame, qu'il ne lui est permis de rester que peu de temps; et tu aurais dû me demander mon consentement. — Je croyais, répondit la charmante enfant, que je pouvais le faire, puisqu'on l'avait laissée passer le pont; et puis nous l'avons vue souvent courir dans les champs, et toi-même tu as pris plaisir à la voir si gaie et alerte. Elle ne nous quittera que trop tôt.

— Non, je veux rester ici, dit l'enfant étrangère, car ici tout est beau; j'y trouverai des jouets merveilleux, sans compter les fraises et les cerises; ailleurs, on n'a pas tant de belles choses.

La dame à la robe brodée d'or s'éloigna en souriant; de nombreux enfants entourèrent avec des rires l'heureuse Marie;

neckten sie und ermunterten sie zu Tänzen, andre
brachten ihr Lämmer oder wunderbares Spiel-
gerät, andre machten auf Instrumenten Musik
und sangen dazu. Am liebsten aber hielt sie sich
zu der Gespielin, die ihr zuerst entgegengegangen
war, denn sie war die freundlichste und holdseligste
von allen. Die kleine Marie rief ein Mal über das
andre : »Ich will immer bei euch bleiben und ihr
sollt meine Schwestern sein«, worüber alle Kinder
lachten und sie umarmten. »Jetzt wollen wir ein
schönes Spiel machen«, sagte Zerina. Sie lief eilig
in den Palast und kam mit einem goldenen Schäch-
telchen zurück, in welchem sich glänzender
Samenstaub befand. Sie faßte mit den kleinen Fingern, und streute einige Körner auf den grünen
Boden. Alsbald sah man das Gras wie in Wogen
rauschen, und nach wenigen Augenblicken schlugen
glänzende Rosengebüsche aus der Erde, wuchsen
schnell empor und entfalteten sich plötzlich, indem
der süßeste Wohlgeruch den Raum erfüllte. Auch
Maria faßte von dem Staube, und als sie ihn aus-
gestreut hatte, tauchten weiße Lilien und die bun-
testen Nelken hervor. Auf einen Wink Zerinas ver-
schwanden die Blumen wieder und andre erschienen
an ihrer Stelle. »Jetzt«, sagte Zerina, »mache dich
auf etwas Größeres gefaßt.« Sie legte zwei Pinien-
körner in den Boden und stampfte sie heftig mit
dem Fuße ein. Zwei grüne Sträucher standen vor
ihnen. »Fasse dich fest mit mir«, sagte sie, und
Maria schlang die Arme um den zarten Leib. Da
fühlte sie sich emporgehoben,

ils se mirent à la taquiner, l'entraînèrent dans leurs
rondes, lui apportèrent leurs agneaux et leurs merveilleux joujoux. D'autres, cependant, jouaient de
divers instruments et chantaient. Mais elle se tenait
de préférence auprès de celle qui lui avait parlé la
première, car c'était la plus accueillante et la plus
exquise de tous les enfants. La petite Marie répétait
sans cesse : « Je veux rester parmi vous, vous serez
mes sœurs. » Et tous l'embrassaient en riant. « Nous
allons faire un beau jeu », dit bientôt Zerina. Elle
courut au palais et en revint avec un petit coffret
d'or où se trouvait un pollen éblouissant. Elle y
plongea ses doigts menus et répandit quelques
grains sur le gazon. Aussitôt l'herbe se mit à bruire
comme des vagues, et au bout de quelques instants
on vit éclore de la terre de splendides rosiers qui
grandirent très vite et s'éployèrent, tandis que le
plus suave des parfums se répandait dans l'air.
Marie à son tour prit du pollen, et lorsqu'elle
l'eut semé, des lis candides apparurent parmi des
œillets aux mille couleurs. Sur un signe de Zerina,
les fleurs disparurent, remplacées par d'autres. « Et
maintenant, dit Zerina, tu vas voir quelque chose
de plus beau encore. » Elle déposa deux cônes
de pin sur le sol et les y enfonça à grands coups de
talon. Deux arbustes verts s'élevèrent devant elle.
« Tiens-moi bien », dit-elle, et Marie passa ses bras
autour de sa taille gracile. Elle se sentit enlevée
dans les airs,

denn die Bäume wuchsen unter ihnen mit der größten Schnelligkeit; die hohen Pinien bewegten sich und die beiden Kinder hielten sich hin und wider schwebend in den roten Abendwolken umarmt und küßten sich; die andern Kleinen kletterten mit behender Geschicklichkeit an den Stämmen der Bäume auf und nieder, und stießen und neckten sich, wenn sie sich begegneten, unter lautem Gelächter. Stürzte eins der Kinder im Gedränge hinunter, so flog es durch die Luft und senkte sich langsam und sicher zur Erde hinab. Endlich fürchtete sich Marie; die andre Kleine sang einige laute Töne, und die Bäume versenkten sich wieder ebenso allgemach in den Boden, und setzten sie nieder, als sie sich erst in die Wolken gehoben hatten.

Sie gingen durch die erzene Tür des Palastes. Da saßen viele schöne Frauen umher, ältere und junge, im runden Saal, sie genossen die lieblichsten Früchte, und eine herrliche unsichtbare Musik erklang. In der Wölbung der Decke waren Palmen, Blumen und Laubwerk gemalt, zwischen denen Kinderfiguren in den anmutigsten Stellungen kletterten und schaukelten; nach den Tönen der Musik verwandelten sich die Bildnisse und glühten in den brennendsten Farben; bald war das Grüne und Blaue wie helles Licht funkelnd, dann sank die Farbe erblassend zurück, der Purpur flammte auf und das Gold entzündete sich; dann schienen die nackten Kinder in den Blumengewinden zu leben, und mit den rubinroten Lippen den Atem einzuziehn und auszuhauchen,

car les arbres croissaient sous elles avec la plus grande rapidité ; les grands pins se balançaient, et les deux enfants enlacées se berçaient dans les rouges nuages au couchant et échangeaient des baisers ; les autres enfants grimpaient avec une souple dextérité aux troncs des arbres, montaient, redescendaient, se taquinaient et se poussaient avec de grands éclats de rire. Lorsque l'un d'eux, dans la bousculade, lâchait prise, il planait dans l'air et venait lentement se poser, sain et sauf, sur le sol. Marie finit par avoir peur ; l'autre fillette chanta quelques notes claires, les arbres s'enfoncèrent dans le sol et les déposèrent à terre aussi délicatement qu'ils les avaient enlevées dans les nues.

Ils entrèrent dans le palais par la porte de bronze. Ils y trouvèrent beaucoup de belles dames, jeunes et vieilles, assises dans une salle ronde ; elles mangeaient des fruits exquis, et une admirable musique invisible s'éleva. La voûte était ornée d'une fresque : palmes, fleurs et feuillages entre lesquels des enfants jouaient et se balançaient dans les poses les plus gracieuses. Ces images changeaient selon les accords de la musique, et resplendissaient des plus ardentes couleurs ; tantôt le vert et le bleu étincelaient comme les rayons du soleil, puis la couleur pâlissait et s'évanouissait, la pourpre s'enflammait et l'or s'embrasait ; parfois les enfants nus, dans les entrelacs de fleurs, semblaient prendre vie et respirer de leurs lèvres de rubis,

so daß man wechselnd den Glanz der weißen Zähnchen wahrnahm, so wie das Aufleuchten der himmelblauen Augen.

Aus dem Saale führten eherne Stufen in ein großes unterirdisches Gemach. Hier lag viel Gold und Silber, und Edelsteine von allen Farben funkelten dazwischen. Wundersame Gefäße standen an den Wänden umher, alle schienen mit Kostbarkeiten angefüllt. Das Gold war in mannigfaltigen Gestalten gearbeitet und schimmerte mit der freundlichsten Röte. Viele kleine Zwerge waren beschäftigt, die Stücke auseinanderzusuchen und sie in die Gefäße zu legen; andre, höckricht und krummbeinicht, mit langen roten Nasen, trugen schwer und vorn übergebückt Säcke herein, so wie die Müller Getreide, und schütteten die Goldkörner keuchend auf dem Boden aus. Dann sprangen sie ungeschickt rechts und links, und griffen die rollenden Kugeln, die sich verlaufen wollten, und es geschah nicht selten, daß einer den andern im Eifer umstieß, so daß sie schwer und tölpisch zur Erde fielen. Sie machten verdrüßliche Gesichter und sahen scheel, als Marie über ihre Gebärden und Häßlichkeit lachte. Hinten saß ein alter eingeschrumpfter kleiner Mann, welchen Zerina ehrerbietig grüßte, und der nur mit ernstem Kopfnicken dankte. Er hielt ein Zepter in der Hand und trug eine Krone auf dem Haupte, alle übrigen Zwerge schienen ihn für ihren Herren anzuerkennen und seinen Winken zu gehorchen. »Was gibt's wieder?«

si bien qu'on apercevait de temps à autre l'éclat de leurs petites dents blanches et la lumière bleu ciel de leurs yeux.

De cette salle, des marches de bronze descendaient dans une grande pièce souterraine. Elle était pleine d'or et d'argent, et on voyait briller partout des pierreries de toutes les couleurs. Des vases de forme étrange étaient rangés le long des murs, et semblaient tous pleins de précieux trésors. L'or travaillé avait reçu les formes les plus diverses, et ses reflets rougeâtres faisaient un gai miroitement. Une foule de petits gnomes étaient occupés à trier les paillettes et à les serrer dans les vases ; d'autres, bossus et bancals, avec de longs nez rouges, portaient laborieusement de lourds sacs, courbés en avant comme des meuniers sous leur faix de blé ; et, haletants, ils vidaient sur le sol les grains d'or. Puis ils se mettaient à sauter maladroitement de droite et de gauche, poursuivant les boules de métal qui roulaient et menaçaient de se perdre ; il n'était pas rare qu'ils se bousculassent dans leur ardeur et que l'un ou l'autre fît une culbute pataude et grotesque. Ils eurent des mines dépitées et des regards de travers, lorsque Marie se prit à rire de leurs gestes et de leur laideur. Tout au fond de la salle se tenait assis un petit vieux ratatiné, que Zerina salua respectueusement et qui ne répondit que d'un signe de tête plein de gravité. Il avait un sceptre à la main, une couronne sur la tête, et tous les autres gnomes semblaient le reconnaître pour leur seigneur et obéir à ses signes. « Qu'est-ce encore ? »

fragte er mürrisch, als die Kinder ihm etwas näher kamen. Marie schwieg furchtsam, aber ihre Gespielin antwortete, daß sie nur gekommen seien, sich in den Kammern umzuschauen. »Immer die alten Kindereien!« sagte der Alte; »wird der Müßiggang nie aufhören?« Darauf wandte er sich wieder an sein Geschäft und ließ die Goldstücke wägen und aussuchen; andre Zwerge schickte er fort, manchen schalt er zornig. »Wer ist der Herr?« fragte Marie; »unser Metallfürst«, sagte die Kleine, indem sie weitergingen.

Sie schienen sich wieder im Freien zu befinden, denn sie standen an einem großen Teiche, aber doch schien keine Sonne, und sie sahen keinen Himmel über sich. Ein kleiner Nachen empfing sie, und Zerina ruderte sehr emsig. Die Fahrt ging schnell. Als sie in die Mitte des Teiches gekommen waren, sah Marie, daß tausend Röhren, Kanäle und Bäche sich aus dem kleinen See nach allen Richtungen verbreiteten. »Diese Wasser rechts«, sagte das glänzende Kind, »fließen unter euren Garten hinab, davon blüht dort alles so frisch; von hier kommt man in den großen Strom hinunter.« Plötzlich kamen aus allen Kanälen und aus dem See unendlich viele Kinder auftauchend angeschwommen, viele trugen Kränze von Schilf und Wasserlilien, andre hielten rote Korallenzacken, und wieder andre bliesen auf krummen Muscheln; ein verworrenes Getöse schallte lustig von den dunkeln Ufern wieder;

demanda-t-il sur un ton bougon, lorsque les enfants s'approchèrent de lui. Marie se tut, apeurée, mais sa compagne répondit qu'elles étaient venues seulement visiter les chambres. « Toujours les mêmes enfantillages ! dit le vieux. Ces futilités ne prendront donc jamais fin ? » Puis il se remit à surveiller le travail ; il fit peser et trier l'or, envoya des gnomes au-dehors, adressa à d'autres des paroles courroucées. « Qui est cet homme ? » demanda Marie. « Notre Prince du Métal », répondit la petite, tandis qu'elles poursuivaient leur route.

Marie crut se retrouver en plein air, car elles étaient maintenant au bord d'un grand étang, mais le soleil ne luisait pas, et il n'y avait pas de ciel sur leurs têtes. Elles s'embarquèrent dans un petit bateau, et Zerina rama allégrement. La barque filait très vite. Lorsqu'elles furent au milieu de l'étang, Marie vit que mille canaux et mille ruisseaux partaient du petit lac dans toutes les directions. « Ces filets d'eau, à droite, dit la merveilleuse fillette, coulent sous votre jardin et donnent à vos fleurs leurs fraîches couleurs ; d'ici, on peut descendre au grand fleuve. » Soudain surgirent partout, à la surface des canaux et du lac, d'innombrables enfants qui s'approchèrent à la nage ; les uns portaient des couronnes de roseaux et de lis d'eau, d'autres tenaient des branches de corail, et d'autres encore soufflaient dans des coquillages ; les rives sombres renvoyaient en écho le tapage confus.

zwischen den Kleinen bewegten sich schwimmend
die schönsten Frauen, und oft sprangen viele Kinder
zu der einen oder der andern, und hingen ihnen mit
Küssen um Hals und Nacken. Alle begrüßten die
Fremde; zwischen diesem Getümmel hindurch
fuhren sie aus dem See in einen kleinen Fluß hinein,
der immer enger und enger ward. Endlich stand der
Nachen. Man nahm Abschied und Zerina klopfte
an den Felsen. Wie eine Tür tat sich dieser vonein-
ander, und eine ganz rote weibliche Gestalt half
ihnen aussteigen. »Geht es recht lustig zu?« fragte
Zerina. »Sie sind eben in Tätigkeit«, antwortete jene,
»und so freudig, wie man sie nur sehn kann, aber
die Wärme ist auch äußerst angenehm.«

Sie stiegen eine Wendeltreppe hinauf, und plötzlich sah sich Marie in dem glänzendsten Saal, so
daß beim Eintreten ihre Augen vom hellen Lichte
geblendet waren. Feuerrote Tapeten bedeckten mit
Purpurglut die Wände, und als sich das Auge etwas
gewöhnt hatte, sah sie zu ihrem Erstaunen, wie im
Teppich sich Figuren tanzend auf und nieder in der
größten Freude bewegten, die so lieblich gebaut
und von so schönen Verhältnissen waren, daß man
nichts Anmutigeres sehn konnte; ihr Körper war
wie von rötlichem Kristall, so daß es schien, als
flösse und spielte in ihnen sichtbar das bewegte
Blut. Sie lachten das fremde Kind an, und begrüßten
es mit verschiedenen Beugungen; aber als Marie
näher gehen wollte, hielt sie Zerina plötzlich mit
Gewalt zurück, und rief : »Du verbrennst dich,
Mariechen, denn alles ist Feuer!«

Au milieu des enfants nageaient des femmes d'une grande beauté, et souvent un groupe s'élançait vers l'une d'entre elles, se suspendait à son cou et la couvrait de baisers. Tous saluaient l'enfant étrangère; se frayant un chemin dans cette cohue, les deux fillettes quittèrent le lac et s'engagèrent sur une petite rivière qui se fit de plus en plus étroite. Enfin, la barque resta immobile. On descendit à terre. Zerina frappa au rocher. Il s'ouvrit comme une porte, et une femme toute rouge leur tendit la main. « Y a-t-il beaucoup d'entrain? » demanda Zerina. « Ils sont en pleine activité, répondit la femme, et aussi joyeux qu'il se peut; et la chaleur est extrêmement agréable. »

Elles gravirent un escalier tournant, et Marie se vit soudain dans une salle si rutilante qu'elle en fut tout aveuglée. Des tentures rouge feu revêtaient les murs de leur pourpre fulgurante; lorsque ses yeux se furent un peu accoutumés, la fillette vit à son grand étonnement que des figures se mouvaient et dansaient joyeusement dans la tapisserie; elles étaient si gracieuses et si bien proportionnées qu'on ne pouvait rien voir de plus charmant. Leur corps semblait être de cristal rose, si bien qu'on croyait voir circuler et jouer le sang dans leurs membres. Elles sourirent à l'enfant étrangère et lui firent mille courbettes; mais lorsque Marie voulut s'approcher, Zerina la retint vivement par le bras et lui cria : « Tu vas te brûler, petite Marie, car tout est de feu. »

Marie fühlte die Hitze. »Warum kommen nur«, sagte sie, »die allerliebsten Kreaturen nicht zu uns heraus, und spielen mit uns?« »Wie du in der Luft lebst«, sagte jene, »so müssen sie immer im Feuer bleiben, und würden hier draußen verschmachten. Sieh nur, wie ihnen wohl ist, wie sie lachen und kreischen; jene dort unten verbreiten die Feuerflüsse von allen Seiten unter der Erde hin, davon wachsen nun die Blumen, die Früchte und der Wein; die roten Ströme gehn neben den Wasserbächen, und so sind die flammigen Wesen immer tätig und freudig. Aber dir ist es hier zu heiß, wir wollen wieder hinaus in den Garten gehn.«

Hier hatte sich die Szene verwandelt. Der Mondschein lag auf allen Blumen, die Vögel waren still und die Kinder schliefen in mannigfaltigen Gruppen in den grünen Lauben. Marie und ihre Freundin fühlten aber keine Müdigkeit, sondern lustwandelten in der warmen Sommernacht unter vielerlei Gesprächen bis zum Morgen.

Als der Tag anbrach, erquickten sie sich an Früchten und Milch, und Marie sagte : »Laß uns doch zur Abwechselung einmal nach den Tannen hinausgehn, wie es dort aussehen mag.« »Gern«, sagte Zerina, »so kannst du auch zugleich dorten unsre Schildwachen besuchen, die dir gewiß gefallen werden, sie stehn oben auf dem Walle zwischen den Bäumen.« Sie gingen durch die Blumengärten, durch anmutige Haine voller Nachtigallen, dann stiegen sie über Rebenhügel, und kamen endlich,

1 Carl-Christian Vogel von Vogelstein, *Portrait du poète Ludwig Tieck*, 1835. Nationalgalerie, Berlin.

« *Si, passant par la rue où habitait la jeune fille,
il l'apercevait à sa fenêtre, il était heureux
pour toute la journée ; il lui avait parlé souvent
entre chien et loup (...).* »

3 Louis Ammy Blanc, *La fidèle,* 1834. Niedersächsisches Landesmuseum, Hanovre.

«*Une femme s'avança à travers la place; svelte et jeune, vêtue de noir, elle avait le port noble et marchait les yeux modestement baissés (...).*»

3

4 Balthasar Griessmann, coupe d'or : «Les passions amoureuses». Musée du Louvre, Paris.

«*Ils restèrent un moment silencieux, absorbés dans la contemplation de la coupe merveilleuse.*»

4

5 Doyle Richard, *Fées et elfes dansant sous un toit de feuilles d'oseille*, 1878. British Museum, Londres.

« Mais quelle ne fut pas sa surprise ! Elle était au milieu d'un délicieux jardin fleuri, où les tulipes, les roses et les lis brillaient des plus belles couleurs. »

6 Otto Modersohn, *Ronde d'Elfes*, 1901. Collection Böhm, Berlin.

5

6